선생님과 함께 읽는 메밀꽃 필 무렵

물음표로 찾아가는 한국단편소설 07

메밀꽃 필 무렵

선생님과 함께 읽는

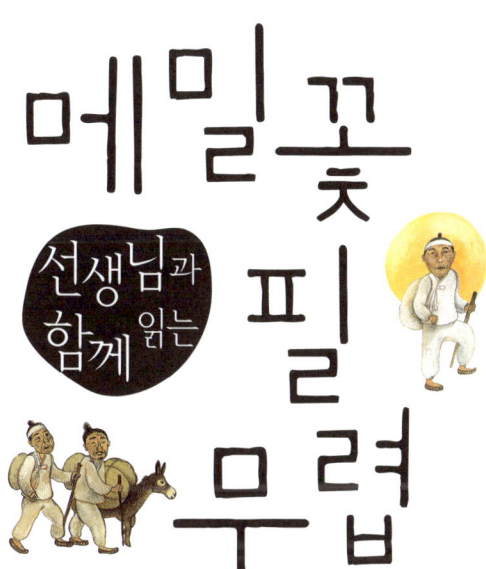

전국국어교사모임 지음 ― 이은희 그림

Humanist

'물음표로 찾아가는 한국단편소설' 시리즈를 펴내며

문학 교육은 아이들이 꿈을 꾸게 하기 위해 필요합니다. 그러나 요즘의 문학 교육은 참고서와 문제집을 통해서만 이루어지고 있습니다. 그래서 문학 수업은 엉뚱한 상상도 발랄한 질문도 없는 밍밍하고 지루한 시간이 되어 버렸습니다. 상상의 여지가 사라지고 질문이 없는 수업은 아이들을 질리게 하고 문학을 말라 죽게 합니다. 그렇다면 어떻게 해야 문학 교육을 살릴 수 있을까요?

무엇보다 학생들이 스스로 생각을 열어 질문을 만들 수 있게 해야 합니다. 매우 상식적인 일이지만, 우리 교육 환경에서는 잘 이루어지기가 어렵습니다. 그래서 전국국어교사모임은 학생들이 스스로 생각을 열고 엉뚱한 상상과 발랄한 질문을 할 수 있는 마중물을 붓기로 했습니다. 이는 말라 버린 문학뿐 아니라 아이들의 메마른 마음에도 물을 붓는 일이 될 것입니다.

교과서에 실린 의미 있는 작품을 골랐습니다 중·고등학교 국어 교과서나 문학 교과서에 실린 단편소설 가운데 오랫동안 많은 사람들에게 널리 읽힌 작품을 골랐습니다. 교과서에 실렸다는 것은 중·고등학생들에게 유용한 작품이라는 것이고, 오래 널리 읽혔다는 것은 재미나 감동, 그리고 생각거리 면에서 어느 하나는 사람들의 마음에 들었음을 뜻하기 때문입니다.

전국의 학생들에게 물었습니다 전국에 있는 수많은 학생에게 소설을 읽혀 보고, 그들이 궁금해 하는 것을 모았습니다. 그러고 나서 의미 있는 질문거리들을 일정한 방식으로 배열했습니다.
현직 국어 선생님들이 물음에 답했습니다 전국의 국어 선생님 100여 분이 다양한 책과 논문을 살펴본 다음 질문에 대한 답을 했습니다. 이런 과정을 통해 보다 보편적인 작품의 의미에 접근하고자 했습니다.
교육 과정과의 연관성을 고려했습니다 수업 현장에서 또는 학생 스스로 이용할 수 있도록 했습니다. '깊게 읽기'에서는 인물, 사건, 배경, 주제 등 작품과 직접 관련되는 내용을 다루었으며, '넓게 읽기'에서는 작가, 시대상, 독자 이야기 등을 살펴볼 수 있도록 했습니다.

'물음표로 찾아가는 한국단편소설' 시리즈는 다양하고 깊이 있는 생각을 이끌어 낼 수 있는 소설 감상의 안내서 구실을 할 것입니다. 또한 작품에 대한 해석과 이해의 차원을 넘어서 문화적·사회적·역사적 정보를 폭넓고 다양하게 제시함으로써 문학 감상 능력을 향상시켜 줄 뿐만 아니라, 문학과 가까워질 수 있는 기회를 제공해 줄 것입니다.

전국국어교사모임

머리말

 이 책을 쓴 목적은 청소년들이 〈메밀꽃 필 무렵〉을 더 재미있게 읽도록 돕는 것입니다. 어떻게 하면 소설을 더 재미있게 읽을 수 있을까요?
 소설이 재미있으려면 우선 그 내용을 잘 알아야 합니다. 〈메밀꽃 필 무렵〉에는 어려운 말이나 잘 안 쓰는 낱말도 나오고, 지금과는 다른 옛날 사람들의 생활 모습도 나옵니다. 이런 것들이 이해가 안 되면 소설 내용도 잘 모르겠고 읽기도 싫어지겠죠? 그래서 이 책에는 〈메밀꽃 필 무렵〉에 나오는 낱말의 뜻풀이와 옛날의 생활 모습에 대한 배경 지식들을 실어 두었습니다.
 다음으로 글 속에 숨겨진 의미를 잘 알아차려야 합니다. '숨겨진 의미'란 소설을 읽으면서 생기는 의문에 대한 답을 말합니다. 숨겨진 의미를 잘 알면 소설을 읽는 것이 즐겁고, 몰입도 되고, 흥미진진해집니다.
 〈메밀꽃 필 무렵〉의 내용을 살짝 볼까요? 허 생원에게는 잊지 못할 추억이 하나 있습니다. 젊은 시절 물레방앗간에서 우연히 만난 성 서방네 처녀와 하룻밤을 보낸 일입니다. 그러나 그녀는 다시는 허 생원 앞에 모습을 드러내지 않습니다. 허 생원은 그녀에 대한 그리움과 혹시나 만날까 하는 기대를 안고 장터를 떠돕니다.
 〈메밀꽃 필 무렵〉을 읽다 보면 '성 서방네 딸은 어디로 간 것일까?', '허 생원과 하룻밤을 보낸 여인이 혹시 아이를 갖게 된 건 아닐까?', '허 생원이 돌아다닌 장은 어디에 있을까?', '허 생원 이야기인데 제목을 왜 '메밀꽃 필 무렵'이라고 붙였을까?' 같은 의문이 생깁니다. 이 책에는 이런 궁금증을 해결할 수 있는 글들이 담겨 있습니다.

 소설에 관한 정보를 많이 아는 것도 소설을 읽는 재미를 더해 줍니다. 그래서 이 책에는 작가 이효석이 어떤 삶을 살았는지, 이효석은 소설의 아이디어를 어디서 얻었는지, 〈메밀꽃 필 무렵〉이 발표된 당시에는 책 광고를 어떻게 했는지 등에 대한 정보를 실어 두었습니다. 이런 것들을 알고 나면 〈메밀꽃 필 무렵〉이 친근하게 느껴질 것입니다. 마치 비밀을 함께 나눈 친구 사이처럼 말이지요.

 이 책은 공부하는 마음으로 읽지 않아도 됩니다. 〈메밀꽃 필 무렵〉을 편안한 마음으로 읽어 보세요. 재미있고 무언가를 느꼈다면 그걸로 좋습니다. 그런데 만약 이해가 안 되고 잘 와 닿지 않는다면, '이 소설은 어렵고 재미없네.' 하고 던져 버리기 전에, 이 책의 나머지 부분을 읽은 다음 소설을 다시 한 번 읽어 보세요. 그러면 그 속에서 추억, 가족, 인생의 의미를 발견할 수 있을 테니까요.

 이 책을 읽고 〈메밀꽃 필 무렵〉의 참맛을 느낄 수 있기를 바랍니다.

김중수, 이은주, 주쌍희, 진희준

차례

'물음표로 찾아가는 한국단편소설' 시리즈를 펴내며   4
머리말   6

작품 읽기 〈메밀꽃 필 무렵〉_이효석   11

깊게 읽기 묻고 답하며 읽는 〈메밀꽃 필 무렵〉

1_ 장돌림으로 떠도는 삶
장터의 풍경은 어땠나요?   37
장돌림은 어떤 사람인가요?   40
봉평, 대화, 제천은 어디인가요?   44
충줏집은 어떤 곳인가요?   48
나귀는 어떤 동물인가요?   51
칠십 리는 어느 정도의 거리인가요?   54
허 생원은 왜 돈을 모으지 못했나요?   59

2_ 잊지 못할 허 생원의 사랑
메밀꽃은 어떻게 생겼나요?   63
물레방앗간은 뭐 하는 곳인가요?   66
성 서방네 처녀는 왜 시집을 가지 않겠다고 했나요?   68

성 서방네는 제천으로 왜 도망갔나요?   70
성 서방네 처녀는 허 생원을 사랑했을까요?   72
'달밤'은 어떤 구실을 하나요?   76

3_ 우연찮은 세 인물의 동행
'허 생원'이 이름인가요?   81
왼손잡이는 사람을 못 때리나요?   85
허 생원과 동이는 어떻게 화해를 했나요?   88
조 선달의 역할은 무엇인가요?   90
동이의 어린 시절은 어땠을까요?   94
동이는 허 생원의 아들인가요?   97
이 이야기는 진짜 있었던 일인가요?   101

넓게 읽기 작품 밖 세상 들여다보기

작가 이야기 – 이효석의 생애와 작품 연보, 작가 더 알아보기   106
시대 이야기 – 1930년대, 광고로 보는 세상   112
엮어 읽기 – 가족, 사랑, 그리고 길   116
독자 이야기 – 등장인물이 되어 일기 쓰기   122

참고 문헌   127

작품 읽기

메밀꽃 필 무렵

이효석

 여름 장이란 애시당초에 글러서 해는 아직 중천에 있건만 장판은 벌써 쓸쓸하고, 더운 햇발이 벌여 놓은 전 휘장 밑으로 등줄기를 훅훅 볶는다. 마을 사람들은 거지반 돌아간 뒤요, 팔리지 못한 나무꾼 패가 길거리에 궁싯거리고들 있으나 석윳병이나 받고 고깃마리나 사면 족할 이 축들을 바라고 언제까지든지 버티고 있을 법은 없다. 춥춥스럽게 날아드는 파리 떼도 장난꾼 각다귀들도 귀치않다. 얼금뱅이요 왼손잡이인 드팀전의 허 생원은 기어코 동업의 조 선달에게 낚구어 보았다.
"그만 걷을까?"
"잘 생각했네. 봉평장에서 한 번이나 흐뭇하게 사 본 일 있었을까. 내일 대화장에서나 한몫 벌어야겠네."
"오늘밤은 밤을 패서 걸어야 될걸."
"달이 뜨렷다."
 절렁절렁 소리를 내며 조 선달이 그날 산 돈을 따지는 것을 보고 허 생원은 말뚝에서 넓은 휘장을 걷고 벌여 놓았던 물건을 거두기 시작하였다. 무명필과 주단 바리가 두 고리짝에 꼭 찼다. 멍석 위에는 천 조각이 어수선하게 남았다.

다른 축들도 벌써 거진 전들을 걷고 있었다. 약빠르게 떠나는 패도 있었다. 어물 장수도, 땜장이도, 엿장수도, 생강 장수도 꼴들이 보이지 않았다. 내일은 진부와 대화에 장이 선다. 축들은 그 어느 쪽으로든지 밤을 새며 육칠십 리 밤길을 타박거리지 않으면 안 된다. 장판은 잔치 뒷마당같이 어수선하게 벌어지고, 술집에는 싸움이 터져 있었다. 주정꾼 욕지거리에 섞여 계집의 앙칼진 목소리가 찢어졌다. 장날 저녁은 정해 놓고 계집의 고함 소리로 시작되는 것이다.

"생원, 시침을 떼두 다 아네. …… 충줏집 말야."

계집 목소리로 문득 생각난 듯이 조 선달은 비죽이 웃는다.

"화중지병이지. 연소패들을 적수로 하구야 대거리가 돼야 말이지."

"그렇지두 않을걸. 축들이 사족을 못 쓰는 것두 사실은 사실이나, 아무리 그렇다곤 해두 왜 그 동이 말일세, 감쪽같이 충줏집을 후린 눈치거든."

"무어, 그 애숭이가? 물건 가지구 낚았나 부지. 착실한 녀석인 줄

알았더니."

"그 길만은 알 수 있나. …… 궁리 말구 가 보세나 그려. 내 한턱 씀세."

그다지 마음이 당기지 않는 것을 쫓아갔다. 허 생원은 계집과는 연분이 멀었다. 얼금뱅이 상판을 쳐들고 대어 설 숫기도 없었으나, 계집 편에서 정을 보낸 적도 없었고 쓸쓸하고 뒤틀린 반생이었다. 충줏집을 생각만 하여도 철없이 얼굴이 붉어지고 발밑이 떨리고 그

14

자리에 소스라쳐 버린다. 충줏집 문을 들어서 술좌석에서 짜장 동이를 만났을 때에는 어찌 된 서슬엔지 발끈 화가 나 버렸다. 상 위에 붉은 얼굴을 쳐들고 제법 계집과 농탕치는 것을 보고서야 견딜 수 없었던 것이다. 녀석이 제법 난질꾼인데 꼴사납다. 머리에 피도 안 마른 녀석이 낮부터 술 처먹고 계집과 농탕이야. 장돌뱅이 망신만 시키고 돌아다니누나. 그 꼴에 우리들과 한몫 보자는 셈이지. 동이 앞에 막아서면서부터 책망이었다. 걱정두 팔자요 하는 듯이 빤히 쳐다보는 상기된 눈망울에 부딪칠 때, 결김에 따귀를 하나 갈겨 주지 않고는 배길 수 없었다. 동이도 화를 쓰고 팩하게 일어서기는 하였으나, 허 생원은 조금도 동색하는 법 없이 마음먹은 대로는 다 지껄였다.

"어디서 주서 먹은 선머슴인지는 모르겠으나, 네게도 애비 에미 있겠지. 그 사나운 꼴 보문 맘 좋겠다. 장사란 탐탁하게 해야 되지, 계집이 다 무어야. 나가거라, 냉콤 꼴 치워."

그러나 한마디도 대거리하지 않고 하염없이 나가는 꼴을 보려니, 도리어 측은히 여겨졌다. 아직도 서름서름한 사인데 너무 과하지 않았을까 하고 마음이 섬짓해졌다.

'주제도 넘지, 같은 술손님이면서두 아무리 젊다구 자식 낳게 되는 것을 붙들고 치고 닦아셀 것은 무어야 원.'

충줏집은 입술을 쭝긋하고 술 붓는 솜씨도 거칠었으나, 젊은 애들한테는 그것이 약이 된다나 하고 그 자리는 조 선달이 얼버무려 넘겼다.

"너 녀석한테 반했지? 애숭이를 빨문 죄 된다."

한참 법석을 친 후이다. 맘도 생긴 데다가 웬일인지 흠뻑 취해 보고 싶은 생각도 있어서 허 생원은 주는 술잔이면 거의 다 들이켰다. 거나해짐을 따라 계집 생각보다도 동이의 뒷일이 한결같이 궁금해졌다. '내 꼴에 계집을 가로채서는 어떡헐 작정이었누.' 하고 어리석은 꼬락서니를 모질게 책망하는 마음도 한 편에 있었다. 그렇기 때문에 얼마나 지난 뒤인지 동이가 헐레벌떡거리며 황급히 부르러 왔을 때에는, 마시던 잔을 그 자리에 던지고 정신없이 허덕이며 충줏집을 뛰어나간 것이었다.

"생원 당나귀가 바를 끊구 야단이에요."

"각다귀들 작란이지 필연코."

짐승도 짐승이려니와 동이의 마음씨가 가슴을 울렸다. 뒤를 따라 장판을 달음질하려니 게슴츠레한 눈이 뜨거워질 것 같다.

"부락스런 녀석들이라 어쩌는 수 있어야죠."

"나귀를 몹시 구는 녀석들은 그냥 두지는 않는걸."

반평생을 같이 지내 온 짐승이었다. 같은 주막에서 잠자고, 같은 달빛에 젖으면서 장에서 장으로 걸어 다니는 동안에 이십 년의 세월이 사람과 짐승을 함께 늙게 하였다. 까스러진 목뒤털은 주인의 머리털과도 같이 바스러지고, 개진개진 젖은 눈은 주인의 눈과 같이 눈곱을 흘렸다. 몽당비처럼 짧게 쓸리운 꼬리는 파리를 쫓으려고 기껏 휘저어 보아야 벌써 다리까지는 닿지 않았다. 닳아 없어진 굽을 몇 번이나 도려내고 새 철을 신겼는지 모른다. 굽은 벌써 더 자라나기는 틀렸고, 닳아 버린 철 사이로는 피가 빼짓이 흘렀다. 냄

새만 맡고도 주인을 분간하였다. 호소하는 목소리로 야단스럽게 울며 반겨 한다.

 어린아이를 달래듯이 목덜미를 어루만져 주니 나귀는 코를 벌름거리고 입을 투르러거렸다. 콧물이 튀었다. 허 생원은 짐승 때문에 속도 무던히는 썩었다. 아이들의 장난이 심한 눈치여서 땀 배인 몽동아리가 부들부들 떨리고 좀체 흥분이 식지 않는 모양이었다. 굴레가 벗어지고 안장도 떨어졌다. "요 몹쓸 자식들." 하고 허 생원은 호령을 하였으나 패들은 벌써 줄행랑을 논 뒤요 몇 남지 않은 아이들이 호령에 놀라 비슬비슬 멀어졌다.

 "우리들 장난이 아니우. 암놈을 보고 저 혼자 발광이지."

 코흘리개 한 녀석이 멀리서 소리를 쳤다.

 "고 녀석 말투가……."

 "김 첨지 당나귀가 가 버리니까 왼통 흙을 차고 거품을 흘리면서 미친 소같이 날뛰는걸. 꼴이 우스워 우리는 보고만 있었다우. 배를 좀 보지."

 아이는 앙도라진 투로 소리를 치며 깔깔 웃었다. 허 생원은 모르는 결에 낯이 뜨거워졌다. 뭇 시선을 막으려고 그는 짐승의 배 앞을 가리어 서지 않으면 안 되었다.

 "늙은 주제에 암샘을 내는 셈야. 저놈의 짐승이."

 아이의 웃음소리에 허 생원은 주춤하면서 기어코 견딜 수 없어 채쭉을 들더니 아이를 쫓았다.

 "쫓으랴거든 쫓아 보지. 왼손잡이가 사람을 때려?"

 줄달음에 달아나는 각다귀에는 당하는 재주가 없었다. 왼손잡이는 아이 하나도 후릴 수 없다. 그만 채쭉을 던졌다. 술기도 돌아 몸이 유난스럽게 화끈거렸다.

"그만 떠나세. 녀석들과 어울리다가는 한이 없어. 장판의 각다귀들이란 어른보다도 더 무서운 것들인걸."

조 선달과 동이는 각각 제 나귀에 안장을 얹고 짐을 싣기 시작하였다. 해가 꽤 많이 기울어진 모양이었다.

드팀전 장돌림을 시작한 지 이십 년이나 되어도 허 생원은 봉평장을 빼 놓은 적은 드물었다. 충주, 제천 등의 이웃 군에도 가고, 멀리 영남 지방도 헤매기는 하였으나 강릉쯤에 물건 하러 가는 외에는 처음부터 끝까지 군내를 돌아다녔다. 닷새만큼씩의 장날에는 달보다도 확실하게 면에서 면으로 건너간다. 고향이 청주라고 자랑삼아 말하였으나 고향에 돌보러 간 일도 있는 것 같지는 않았다. 장에서 장으로 가는 길의 아름다운 강산이 그대로 그에게는 그리운 고향이었다. 반날 동안이나 뚜벅뚜벅 걷고 장터 있는 마을에 거지반 가까웠을 때 거친 나귀가 한바탕 우렁차게 울면—더구나 그것이 저녁녘이어서 등불들이 어둠 속에 깜박거릴 무렵이면 늘 당하는 것이건만, 허 생원은 변치 않고 언제든지 가슴이 뛰놀았다.

젊은 시절에는 알뜰하게 벌어 돈푼이나 모아 본 적도 있기는 있었으나, 읍내에 백중이 열린 해 호탕스럽게 놀고 투전을 하고 하여 사흘 동안에 다 털어 버렸다. 나귀까지 팔게 된 판이었으나 애끓는 정분에 그것만은 이를 물고 단념하였다. 결국 도로아미타불로 장도리를 다시 시작할 수밖에는 없었다. 짐승을 데리고 읍내를 도망해 나왔을 때에는 '너를 팔지 않기 다행이었다'고 길가에서 울면서 짐승의 등을 어루만졌던 것이었다. 빚을 지기 시작하니 재산을 모을 염은 당초에 틀리고 간신히 입에 풀칠을 하러 장에서 장으로 돌아다니게 되었다.

호탕스럽게 놀았다고는 하여도 계집 하나 후려 보지는 못하였다. 계집이란 좀 쌀쌀하고 매정한 것이었다. 평생 인연이 없는 것이라고 신세가 서글퍼졌다. 일신에 가까운 것이라고는 언제나 변함없는 한 필의 당나귀였다.

그렇다고는 하여도 꼭 한 번의 첫 일을 잊을 수는 없었다. 뒤에도 처음에도 없는 단 한 번의 괴이한 인연. 봉평에 다니기 시작한 젊은 시절의 일이었으나 그것을 생각할 적만은 그도 산 보람을 느꼈다.

"달밤이었으나 어떻게 해서 그렇게 됐는지 지금 생각해두 도무지 알 수 없어."

허 생원은 오늘 밤도 또 그 이야기를 끄집어내려는 것이다. 조 선달은 친구가 된 이래 귀에 못이 박히도록 들어 왔다. 그렇다고 싫증을 낼 수도 없었으나, 허 생원은 시치미를 떼고 되풀이할 대로는 되풀이하고야 말았다.

"달밤에는 그런 이야기가 격에 맞거든."

조 선달 편을 바라는 보았으나 물론 미안해서가 아니라 달빛에 감동하여서였다. 이지러는 졌으나 보름을 갓 지난 달은 부드러운 빛을 흐뭇이 흘리고 있다. 대화까지는 칠십 리의 밤길, 고개를 둘이나 넘고 개울을 하나 건너고 벌판과 산길을 걸어야 된다. 달은 지금 긴 산허리에 걸려 있다. 밤중을 지난 무렵인지 죽은 듯이 고요한 속에서 짐승 같은 달의 숨소리가 손에 잡힐 듯이 들리며, 콩 포기와 옥수수 잎새가 한층 달에 푸르게 젖었다. 산허리는 온통 메밀밭이어서, 피기 시작한 꽃이 소금을 뿌린 듯이 흐뭇한 달빛에 숨이 막히게 하얬다. 붉은 대궁이 향기같이 애잔하고 나귀들의 걸음도 시원하다. 길이 좁은 까닭에 세 사람은 나귀를 타고 외줄로 늘어섰다. 방울 소리가 시원스럽게 딸랑딸랑 메밀밭께로 흘러간다. 앞장선 허생원의 이야기 소리는 꽁무니에 선 동이에게는 확적히는 안 들렸으나, 그는 그대로 개운한 제멋에 적적하지는 않았다.

"장 선 꼭 이런 날 밤이었네. 객줏집 토방이란 무더워서 잠이 들어야지. 밤중은 돼서 혼자 일어나 개울가에 목욕하러 나갔지. 봉평은 지금이나 그제나 마찬가지나, 보이는 곳마다 메밀밭이어서 개울가가 어디 없이 하얀 꽃이야. 돌밭에 벗어도 좋을 것을, 달이 너무도 밝은 까닭에 옷을 벗으러 물방앗간으로 들어가지 않았나. 이상한 일도 많지. 거기서 난데없는 성 서방네 처녀와 마주쳤단 말이네. 봉평서야 제일가는 일색이었지."

"팔자에 있었나 부지."

"아무렴." 하고 응답하면서 말머리를 아끼는 듯이 한참이나 담배를 빨 뿐이었다. 구수한 자줏빛 연기가 밤기운 속에 흘러서는 녹았다.

"날 기다린 것은 아니었으나 그렇다고 달리 기다리는 놈팽이가 있는 것두 아니었네. 처녀는 울고 있단 말야. 짐작은 대고 있었으나 성 서방네는 한창 어려워서 들고날 판인 때였지. 한 집안 일이니 딸에

겐들 걱정이 없을 리 있겠나. 좋은 데만 있
으면 시집도 보내련만 시집은 죽어도
싫다지. …… 그러나 처녀
란 울 때같이 정
을 끄는 때가 있
을까. 처음에는
놀라기도 한 눈치였으나 걱정 있을 때는 누그러지기도 쉬운 듯해서
이럭저럭 이야기가 되었네. …… 생각하면 무섭고도 기막힌 밤이
었어."

"제천인지로 줄행랑을 놓은 건 그다음 날이었나?"

"다음 장도막에는 벌써 왼 집안이 사라진 뒤였네. 장판은 소문에
발끈 뒤집혀 고작해야 술집에 팔려 가기가 상수라고 처녀의 뒷공론
이 자자들 하단 말이야. 제천 장판을 몇 번이나 뒤졌겠나. 하나 처
녀의 꼴은 꿩 궈 먹은 자리야. 첫날 밤이 마지막 밤이었지. 그때부
터 봉평이 마음에 든 것이 반평생을 두고 다니게 되었네. 평생인들
잊을 수 있겠나."

"수 좋았지. 그렇게 신통한 일이란 쉽지 않아. 항용 못난 것 얻어
새끼 낳고, 걱정 늘고, 생각만 해두 진저리 나지. …… 그러나 늙으
막바지까지 장돌뱅이로 지내기도 힘드는 노릇 아닌가? 난 가을까
지만 하구 이 생계와두 하직하려네. 대화쯤에 조고만 전방이나 하
나 벌이구 식구들을 부르겠어. 사시장천 뚜벅뚜벅 걷기란 여간래
야지."

"옛 처녀나 만나면 같이나 살까. …… 난 거꾸러질 때까지 이 길

작품 읽기 23

걷고 저 달 볼 테야."

산길을 벗어나니 큰길도 틔워졌다. 꽁무니의 동이도 앞으로 나서 나귀들은 가로 늘어섰다.

"총각두 젊겠다, 지금이 한창 시절이렷다. 충줏집에서는 그만 실수를 해서 그 꼴이 되었으나 섭게 생각 말게."

"처, 천만에요. 되려 부끄러워요. 계집이란 지금 웬 제격인가요. 자나 깨나 어머니 생각뿐인데요."

허 생원의 이야기로 실심해 한 끝이라 동이의 어조는 한풀 수그러진 것이었다.

"애비 에미란 말에 가슴이 터지는 것도 같았으나 제겐 아버지가 없어요. 피붙이라고는 어머니 하나뿐인걸요."

"돌아가셨나?"

"당초부터 없어요."

"그런 법이 세상에……."

생원과 선달이 야단스럽게 껄껄들 웃으니 동이는 정색하고 우길 수밖에는 없었다.

"부끄러워서 말하지 않으랴 했으나 정말예요. 제천 촌에서 달도 차지 않은 아이를 낳고 어머니는 집을 쫓겨났죠. 우스운 이야기나, 그러기 때문에 지금까지 아버지 얼굴도 본 적 없고 있는 고장도 모르고 지내 와요."

고개가 앞에 놓인 까닭에 세 사람은 나귀를 내렸다. 둔덕은 험하고 입을 벌리기도 대근하여 이야기는 한동안 끊겼다. 나귀는 건듯하면 미끄러졌다. 허 생원은 숨이 차 몇 번이고 다리를 쉬지 않으면 안 되었다. 고개를 넘을 때마다 나이가 알렸다. 동이 같은 젊은 축이 그지없이 부러웠다. 땀이 등을 한바탕 쪽 씻어 내렸다.

고개 너머는 바로 개울이었다. 장마에 흘러 버린 널다리가 아직도 걸리지 않은 채로 있는 까닭에 벗고 건너야 되었다. 고의를 벗어 띠로 등에 얽어매고 반벌거숭이의 우스꽝스런 꼴로 물속에 뛰어들었다. 금방 땀을 흘린 뒤였으나 밤물은 뼈를 찔렀다.

"그래 대체 기르긴 누가 기르구?"

"어머니는 하는 수 없이 의부를 얻어 가서 술장사를 시작했소. 술이 고주래서 의부라고 전 망나니예요. 철들어서부터 맞기 시작한 것이 하룬들 편한 날 있었을까. 어머니는 말리다가 채이고 맞고 칼부림을 당하곤 하니 집 꼴이 무어겠소. 열여덟 살 때 집을 뛰쳐나와서부터 이 짓이죠."

"총각 낫세론 섬이 무던하다고 생각했더니 듣고 보니 딱한 신세로군."

물은 깊어 허리까지 채였다. 속 물살도 어지간히 센 데다가 발에 채이는 돌맹이도 미끄러워 금시에 훌칠 듯하였다. 나귀와 조 선달은 재빨리 거의 건넜으나 동이는 허 생원을 붙드느라고 두 사람은 훨씬 떨어졌다.

"모친의 친정은 원래부터 제천이었던가?"

"웬걸요. 시원스리 말은 안 해 주나 봉평이라는 것만은 들었죠."

"봉평. 그래 그 애비 성은 무엇인구?"

"알 수 있나요. 도모지 듣지를 못했으니까."

"그, 그렇겠지." 하고 중얼거리며 흐려지는 눈을 까물까물하다가 허 생원은 경망하게도 발을 빗디뎠다. 앞으로 고꾸라지기가 바쁘게 몸채 풍덩 빠져 버렸다. 허우적거릴수록 몸을 걷잡을 수 없어 동이가 소리를 치며 가까이 왔을 때에는 벌써 퍽이나 흘렀었다. 옷채 쫄딱 젖으니 물에 젖은 개보다도 참혹한 꼴이었다. 동이는 물속에서 어른을 해깝게 업을 수 있었다. 젖었다고는 하여도 여윈 몸이라 장정 등에는 오히려 가벼웠다.

"이렇게까지 해서 안됐네. 내 오늘은 정신이 빠진 모양이야."

"염려하실 것 없어요."

"그래 모친은 애비를 찾지는 않는 눈치지?"

"늘 한번 만나고 싶다고는 하는데요."

"지금 어디 계신가?"

"의부와도 갈라져 제천에 있죠. 가을에는 봉평에 모셔 오랴고 생각 중인데요. 이를 물고 벌면 이럭저럭 살아갈 수 있겠죠."

"아무렴. 기특한 생각이야. 가을이랬다?"

동이의 탐탁한 등어리가 뼈에 사무쳐 따뜻하다. 물을 다 건넜을 때에는 도리어 서글픈 생각에 좀 더 업혔으면도 하였다.

"진종일 실수만 하니 웬일이요, 생원."

조 선달은 바라보며 기어코 웃음이 터졌다.

"나귀야, 나귀 생각하다 실족을 했어. 말 안 했던가. 저 꼴에 제법 새끼를 얻었단 말이지. 읍내 강릉집 피마에게 말일세. 귀를 쫑긋 세우고 달랑달랑 뛰는 것이 나귀 새끼같이 귀여운 것이 있을까. 그것 보러 나는 일부러 읍내를 도는 때가 있다네."

"사람을 물에 빠지울 젠 딴은 대단한 나귀 새끼군."

허 생원은 젖은 옷을 웬만큼 짜서 입었다. 이가 덜덜 갈리고 가슴이 떨리며 몹시도 추웠으나, 마음은 알 수 없이 둥실둥실 가벼웠다.

"주막까지 부지런히들 가세나. 뜰에 불을 피우고 훗훗이 쉬어. 나귀에겐 더운 물을 끓여 주고. 내일 대화장 보고는 제천이다."

"생원도 제천으로?"

"오래간만에 가 보고 싶어. 동행하려나 동이?"

나귀가 걷기 시작하였을 때, 동이의 채쭉은 왼손에 있었다. 오랫동안 아둑시니같이 눈이 어둡던 허 생원도 요번만은 동이의 왼손잡이가 눈에 띄지 않을 수 없었다.

걸음도 해깝고 방울 소리가 밤 벌판에 한층 청청하게 울렸다.

달이 어지간히 기울어졌다.

*《조광》1936년 10월호에 발표된 것을 바탕으로 함.

어휘풀이

각다귀 남의 것을 뜯어먹고 사는 사람을 이르는 말.
개진개진 눈에 끈끈한 물기가 있는 모양.
객줏집 조선 시대에, 다른 지역에서 온 상인들의 거처를 제공하며 물건을 맡아 팔거나 흥정을 붙여 주는 일을 하던 집.
거나하다 술 따위에 어지간히 취해 있다.
거지반 거의 절반.
건듯하면(걸핏하면) 조금만 주의를 소홀히 하면.
결김 화가 난 나머지.
경망하다 행동이나 말이 가볍고 조심성이 없다.
고리짝 버드나무 가지나 가늘게 쪼갠 대나무로 엮어서 상자같이 만든 물건.
고의 남자의 여름 홑바지.
고주(고주망태) 술에 몹시 취하여 정신을 가누지 못하는 상태. 또는 그런 사람.
굴레 소나 말 따위를 부리기 위하여 머리와 목에서 고삐에 걸쳐 얽어매는 줄.
굽 말, 소, 양 따위 짐승의 발끝에 있는 두껍고 단단한 발톱.
궁싯거리다 어찌할 바를 몰라 이리저리 머뭇거리다.
그르다 어떤 상태나 조건이 좋지 아니하게 되다.
까물까물하다 조금 멀리 있는 물체가 보일 듯 말 듯 자꾸 희미하게 움직이다.
까스러지다 털이 매끄럽지 못하고 서실거칠하다.
꿩 귀 먹은 자리 어떠한 일의 흔적이 전혀 없음을 이르는 말.
난질꾼 술과 색(여자와의 육체적 관계)에 빠져 방탕하게 놀기를 잘하는 사람을 이르는 말.
낫세(나쎄) 그만한 나이.
널다리 널빤지를 깔아서 놓은 다리.
놈팽이(놈팡이) 여자의 상대가 되는 사내를 낮잡아 이르는 말.
농탕치다 남녀가 함께 음탕한 소리와 난잡한 행동으로 놀아나다.
닦아세우다 꼼짝 못하게 휘몰아 나무라다.
달(이) 차다 아이를 배어 낳을 달이 되다.
담 겁이 없고 용감한 기운.
대거리 상대편에게 맞서서 대듦. 또는 그런 말이나 행동.
대궁이(대) 식물의 꽃을 받치는 줄기.
대근하다 견디기가 어지간히 힘들고 만만하지 않다.
도로아미타불 애쓴 일이 효과 없이 되어 본디 상태로 되돌아감을 일컫는 말.

동색하다 얼굴빛이 바뀌다.
뒷공론 겉으로 떳떳이 나서지 않고 뒤에서 이러쿵저러쿵 시비조로 말하는 일.
드팀전 예전에, 갖가지 천이나 옷감 들을 팔던 가게.
들고나다 집 안의 물건을 팔려고 가지고 나가다.
땜장이 금이 가거나 뚫어진 데를 때우는 일을 직업으로 하는 사람.
멍석 짚으로 결어 네모지게 만든 큰 깔개.
몹시굴다 몹시 괴롭히거나 가혹하게 대하다.
몽당비 끝이 닳아 모자라지고 자루만 남은 빗자루.
무명필 솜으로 만든 실로 짠 천을 일정한 길이로 말아 놓은 것.
바(밧줄) 삼이나 칡 따위로 세 가닥을 지어 굵다랗게 꼬아 만든 줄.
바리 말이나 소의 등에 잔뜩 실은 짐을 세는 단위.
바스러지다 깨어져 조금 잘게 조각이 나다.
발광 어떤 일에 몰두하거나 어떤 행동을 격하게 함.
배기다 (흔히 '-지 않고는' 뒤에서 부정어와 함께 쓰여) 어떤 동작을 꼭 하고야 맒을 이르는 말.
부락스럽다 성질이나 말과 행동이 거칠고 난폭하다.
비슬비슬 덤비지 않고 피하는 태도로 힘없이 비틀거리는 모양.
빼짓이 조금씩 스며 나오는 모양.
사다 가진 것을 팔아 돈으로 바꾸다.
사시장천(사시장철) 밤낮으로 쉬지 아니하고 연달아.
사족을 못 쓰다 무슨 일에 반하거나 혹하여 꼼짝 못하다. '사족'은 사람의 팔다리를 이르는 말.
상수(常數) 자연으로 정해진 운명.
상판 '얼굴'을 속되게 이르는 말.
서름서름하다 사이가 자연스럽지 못하고 매우 서먹서먹하다.
서슬 강하고 날카로운 기세.
섬짓하다 갑자기 소름이 끼치도록 놀라는 데가 있다.
숫기 활발하여 부끄러워하지 않는 기운.
숫기가 없다 수줍어하는 태도가 있다.
실심하다 근심 걱정으로 맥이 빠지고 마음이 산란해지다.
실족하다 발을 헛디디다.

아둑시니(어둑시니) 어두운 밤에 아무것도 없는데 있는 것처럼 잘못 보이는 것.
암샘 수컷이 암컷에게 욕정을 느끼는 행위.
앙도라지다(앵돌아지다) 못마땅하고 화가 나서 마음이 돌아서다.
앙칼지다 매우 모질고 날카롭다.
애숭이(애송이) 어린아이 티가 나는 사람이나 물건.
얼금뱅이 얼굴에 굵고 깊게 얽은 자국이 성기게 있는 사람을 낮잡아 이르는 말.
연소패 나이가 어린 무리.
염 무엇을 하려고 하는 생각이나 마음.
오붓하다 살림이나 물건 따위가 넉넉하다.
이지러지다 달 따위가 한쪽이 차지 않다.
일색 뛰어난 미인.
자자하다 여러 사람의 입에 오르내려 떠들썩하다.
장도막 한 장날로부터 다음 장날 사이의 동안을 세는 단위.
장돌림 여러 장으로 돌아다니면서 물건을 파는 장수.
장돌뱅이 '장돌림'을 낮잡아 이르는 말.
장판 시장이 선 곳.
전 물건을 벌여 놓고 파는 가게.
전방 물건을 늘어놓고 파는 가게.
주단 명주(누에고치에서 뽑은 가늘고 고운 실로 짠 천)와 비단 따위를 통틀어 이르는 말.
줄행랑 도망.
줄행랑을 놓다 낌새를 채고 피하여 달아나다.
진저리 몹시 싫증이 나거나 귀찮아 떨쳐지는 몸짓.
짜장 과연 정말로.
철 여기서는 편자. 말굽에 대어 붙이는 'U' 자 모양의 쇳조각.
축 일정한 특성에 따라 나누어지는 부류.
츱츱스럽다 매우 더럽고 지저분하다.
타박거리다 힘없는 걸음으로 조금 느릿느릿 걸어가다.
탐탁하다 모양이나 태도, 또는 어떤 일 따위가 마음에 들어 만족하다.
토방 방에 들어가는 문 앞에 좀 높이 편평하게 다진 흙바닥.
투루루거리다 말이나 당나귀가 코로 숨을 급히 내쉬며 투루루 소리를 내다.
패다 한숨도 자지 않고 밤을 지내다.

팩하다 갑자기 성을 내다.
피마 다 자란 암말.
항용 늘.
해깝다 가볍다.
화중지병 그림의 떡.
확적히 정확하게 맞아 조금도 틀리지 아니하게.
후리다 매력으로 남을 유혹하여 정신을 매우 흐리게 하다.
훌치다 물살에 쏠리다.
훗훗이 약간 갑갑할 정도로 훈훈하고 덥게.
휘장 베, 무명 따위의 천을 여러 폭으로 이어서 빙 둘러쳐, 볕이나 비바람을 막을 수 있도록 한 것.

깊게 읽기

묻고 답하며 읽는
〈메밀꽃 필 무렵〉

○ 배경

○ 인물·사건

○ 작품

○ 주제

1_ 장돌림으로 떠도는 삶

장터의 풍경은 어땠나요?
장돌림은 어떤 사람인가요?
봉평, 대화, 제천은 어디인가요?
충줏집은 어떤 곳인가요?
나귀는 어떤 동물인가요?
칠십 리는 어느 정도의 거리인가요?
허 생원은 왜 돈을 모으지 못했나요?

2_ 잊지 못할 허 생원의 사랑

메밀꽃은 어떻게 생겼나요?
물레방앗간은 뭐 하는 곳인가요?
성 서방네 처녀는 왜 시집을 가지 않겠다고 했나요?
성 서방네는 제천으로 왜 도망갔나요?
성 서방네 처녀는 허 생원을 사랑했을까요?
'달밤'은 어떤 구실을 하나요?

3_ 우연찮은 세 인물의 동행

'허 생원'이 이름인가요?
왼손잡이는 사람을 못 때리나요?
허 생원과 동이는 어떻게 화해를 했나요?
조 선달의 역할은 무엇인가요?
동이의 어린 시절은 어땠을까요?
동이는 허 생원의 아들인가요?
이 이야기는 진짜 있었던 일인가요?

장터의 풍경은 어땠나요?

여름 장이란 애시당초에 글러서 해는 아직 중천에 있건만 장판은 벌써 쓸쓸하고, 더운 햇발이 벌여 놓은 전 휘장 밑으로 등줄기를 훅훅 볶는다. 마을 사람들은 거지반 돌아간 뒤요, 팔리지 못한 나무꾼 패가 길거리에 궁싯거리고들 있으나 석윳병이나 받고 고깃마리나 사면 족할 이 축들을 바라고 언제까지든지 버티고 있을 법은 없다.

어물 장수도, 땜장이도, 엿장수도, 생강 장수도 꼴들이 보이지 않았다. 내일은 진부와 대화에 장이 선다. …… 장판은 잔치 뒷마당같이 어수선하게 벌어지고, 술집에는 싸움이 터져 있었다.

이 소설에는 봉평장, 대화장, 진부장 등 여러 장이 나와요. 장터는 장돌림 허 생원 일행이 살아가는 삶의 무대지요. 그 옛날 장터 풍경은 어땠을까요?

시골에서는 5일마다 장이 열려요. 그것을 '오일장'이라 하는데, 가까운 지역과 겹치지 않게 하루 정도 차이가 나게 장이 섰어요. 봉평장은 2일과 7일, 진부장은 3일과 8일, 대화장은 4일과 9일에 열렸지요.

장날이 되면 이른 새벽부터 많은 사람들이 모여들어 장터가 북적북적해요. 가장 먼저 장터에 도착해 전을 벌여 놓는 이들은 장돌림이에요. 장돌림은 울긋불긋 휘장을 쳐 놓고 온갖 물건들을 땅바닥이나 궤짝 위에 펼쳐 놓아요. 자기 물건 사라고 소리치느라 장돌림의 목은 한나절만 지나면 다 쉬어 버려요.

장터에는 소시장, 어물전, 싸전, 먹거리전, 주막, 옹기전, 철물전, 고무신전, 짚신전, 드팀전, 약재상 등이 있었어요. 소시장에선 소를 팔고 사요. 어물전에서는 갈치, 조기, 고등어, 명태, 오징어 등을 팔죠. 소금에 절여 약간 말린 생선은 산골에서 귀한 음식이었어요.

싸전은 쌀, 보리, 콩, 팥, 조, 수수 등을 파는 곳이에요. 쌀을 산처럼 쌓아 놓고 파는 싸전은 보기만 해도 배가 불렀지요. 장터엔 역시 먹을 것을 파는 먹거리전이 최고예요. 찐 옥수수와 감자떡도 있고, 메밀부꾸미와 수수부꾸미, 메밀전병도 있어요. 새로 나온 눈깔사탕도 있고, 엿장수가 부르는 신나는 노랫가락도 있어요. 길가 주막에서는 장꾼들이 국밥을 먹기도 하고, 쉬기도 하고, 술을 마시기도 해요.

옹기전에서는 장독, 항아리, 단지, 놋쇠 그릇을 팔아요. 철물전에는 대장간에서 만든 칼, 쟁기, 낫, 호미 등이 있고요. 드팀전에서는 비단, 명주, 광목, 삼베 같은 옷감을 팔았어요. 허 생원과 조 선달은 바로 이런 옷감을 팔러 다니는 드팀전 장돌림이었어요.

장터에는 사는 사람과 파는 사람이 따로 없어요. 가져온 물건을 팔아서 또 생활에 필요한 물건을 사지요. 산골 할머니는 집에서 키운 감자, 옥수수, 고추, 호박, 약초 따위를 머리에 이고 팔러 나와요. 갓 낳은 강아지를 팔러 온 아주머니도 있어요. 집으로 돌아갈 때는 조기, 고무신, 눈깔사탕 따위를 사 가지고 가요.

  장터는 이렇게 삶이 오가던 곳이에요. 물건을 팔고, 값을 부르고 깎고, 안부를 묻는 가운데 정이 묻어나는 곳이지요. 장이 파하면 언제 그랬냐는 듯이 조용해져요. 그리고 어수선한 빈터만 남지요.

장돌림은 어떤 사람인가요?

    드팀전 장돌림을 시작한 지 이십 년이나 되어도 허 생원은 봉평장을 빼 놓은 적은 드물었다. …… 닷새만큼씩의 장날에는 달보다도 확실하게 면에서 면으로 건너간다. …… 장에서 장으로 가는 길의 아름다운 강산이 그대로 그에게는 그리운 고향이었다.

'장돌림'은 '장을 돌며 장사를 하는 사람'을 뜻해요. '장돌뱅이'라고도 하지요. 장돌림은 나귀에 물건을 싣거나 자기가 직접 등에 지고 걸어 다니면서 장사를 했어요. 가다가 주막이 있으면 주막에서 쉬고, 길에서 쉬어 가기도 했어요. 아침 일찍부터 장사를 하려면 주로 밤에 걸어야 했지요.

  장돌림은 보통 산지에 가서 물건을 싸게 산 다음, 그 물건이 귀한 곳에 가서 좋은 값을 받고 팔았어요. 장돌림 덕분에 좁은 길도 넓어지고, 새 길도 많이 생겼다고 하네요. 이들은 소식이 뜸했던 사람들의 안부나 편지를 전해 주기도 하고, 고을의 중요한 정보를 전하는 구실도 했습니다.

  장돌림이 파는 물건은 곡식, 옷감, 금붙이, 가죽 같은 값나가는 것에서부터 생선, 소금, 그릇, 나무 제품, 화장품, 빗, 실패, 비녀와 같은

값싼 생활필수품까지 매우 다양했어요. 두메산골에서는 장돌림이 오지 않으면 소금이나 젓갈 같은 생활필수품을 구하기가 힘들었답니다.

장돌림은 흰 목화송이가 달려 있는 '패랭이갓'을 쓰고 다녔어요. 그리고 보통 방울을 목에 단 나귀와 함께 다녔죠. 물건을 나르는 데 나귀만 한 동물이 없었으니까요.

장돌림은 일찍부터 장사에 눈뜬 사람이나 농사지을 땅이 없는 사람, 그리고 피치 못할 사정으로 고향을 떠나야 했던 사람들이 주로 했어요. 여러 장을 돌아다니면서 물건을 파는 이들의 삶은 고달프고 힘들었을 겁니다. 다음 민요에는 그런 장돌림의 삶이 잘 나타나 있어요.

> 짚신에 감발 치고 패랭이 쓰고
> 꽁무니에 짚신 차고 이고 지고
> 이 장 저 장 뛰어가서
> 장돌뱅이 동무들 만나 반기며
> 이 소식 저 소식 묻고 듣고
> 목소리 높여 고래고래 지르며
> 비가 오나 눈이 오나 외쳐 가며
> 돌도부장사하고 해 질 무렵
> 손잡고 인사하고 돌아서네
> 다음 날 저 장에서 다시 보세.

돌도부장사하다 이리저리 돌아다니며 물건을 파는 일을 하다.

장이 파하면 장돌림들은 주막으로 몰려들었어요. 주막에서 뜨거운 국밥 한 그릇 말아 먹으며 배고픔을 달래고, 다 떨어진 짚신도 갈아 신었지요. 또 술 한잔 마시고 나서 호기를 부리기도 하고, 다음 장날을 위해 일찍 잠을 청하기도 했어요.

장돌림은 어떻게 가정을 꾸릴까?

장돌림의 가정은 일반적인 가정의 모습과 달랐어요. 가까운 곳을 돌다 5일 만에 집에 돌아오는 장돌림도 있지만, 한번 집을 나서면 일 년 만에 집으로 돌아가는 사람도 많았어요. 또 아내와 자식을 데리고 장삿길에 오르는 사람들도 있었어요. 허 생원처럼 평생 장가를 들지 못한 사람도 있었고, 조 선달처럼 장가를 들어도 가족과 헤어져 사는 경우도 많았지요.

요즘에도 장돌림이 있을까?

현대판 장돌림이 있어요. 트럭에 채소나 생선류를 싣고 이 동네 저 동네 팔러 다니는 이들 말이에요. 시간이 흘렀지만 예나 지금이나 떠돌이 장돌림의 삶은 여전히 고달픈 것 같습니다.

봉평, 대화, 제천은 어디인가요?

이 소설의 주요 사건이 일어나는 무대

봉평은 허 생원이 성 서방네 처녀를 만난 곳이에요. 또 허 생원이 좋아하는 충줏집이 있는 곳이기도 하고, 거기서 동이의 뺨을 때리기도 했지요.

봉평은 강원도 평창군 북서쪽에 있어요. 사방이 높은 산으로 둘러싸여 있어, 1000미터 안팎의 높은 고개를 넘어야만 다른 곳으로 갈 수 있는 깊은 산골이었지요. 대관령의 중심지라 역사도 깊고, 예전부터 경치가 아름답기로 이름난 곳이었어요. 〈메밀꽃 필 무렵〉을 쓴 이효석은 봉평에서 태어났고, 이곳 이야기를 소설로 썼지요.

요즘은 봉평 가까이 영동고속도로가 지나가기 때문에 옛날보다 교통이 훨씬 편리해졌어요.

그리고 봉평이 '효석 문화마을'로 지정되어, 가을에는 '메밀꽃 축제'와 '효석 문화제'가 해마다 열리고 있답니다.

 **허 생원 일행이 밤길을 걸어가는 곳**
봉평에서 대화까지는 칠십 리 길이에요. 고개를 둘 넘고 개울 하나를 건너고 벌판과 산길을 걸어야 하지요.

대화는 강원도 평창군의 중앙에 자리 잡은 교통의 중심지였어요. 또 평창강과 대화천이 모이는 곳에 꽤 넓은 평야가 있어 쌀이 많이 나는 곳이지요. 그래서 강원도의 모든 산물이 이곳으로 모여들었어요. 그때 들어선 대화장은 제법 컸다고 하네요. 그래서 허 생원 일행도 대화장을 기대하고 고개를 넘어간 거랍니다.

요즘은 이곳이 영동고속도로와 떨어져 있어서, 차량 통행이 줄고 사람들이 다니지 않아 교통 중심지로서의 기능이 약해졌어요. 그래서 대화장의 규모도 예전보다 작아졌답니다.

 **허 생원과 동이가 함께 가려는 곳**
대화에서 제천으로 가려면 남동쪽으로 높은 고개를 넘고 또 넘어야 해요. 허 생원은 오랜만에 제천으로 가서 성 서방네 처녀 소식을 알아보려 해요.

제천은 충청북도에 있어요. 높은 산맥들이 사방을 벽처럼 둘러싸고 있지요. 남한강이 지나는데, 산이 높고 험해 하천의 흐름도 매우 급하답니다. 하지만 아름다운 풍경을 만날 수 있는 곳이에요. 그리고 역사가 오래되고, 충절과 효의 정신이 뛰어난 문화 도시이지요. 또 시가지를 중심으로 철도와 국도, 지방도가 사방으로 뻗어 있는 교통의 중심지랍니다.

노루목과 여울목

허 생원 일행은 달빛을 받으며 메밀꽃 가득 핀 고개를 넘어가요. 이 고개 이름이 '노루목'입니다. 노루가 많이 나타났던 모양이에요. 노루목 고개는 봉평과 장평 사이에 있었는데, 대화로 가려면 꼭 넘어야 하는 고개였어요.

노루목을 넘으면 '여울목'이 나와요. 여울은 강바닥이 얕거나 폭이 좁아 물살이 세게 흐르는 곳을 말해요. 여기서 허 생원은 딴 생각을 하다가 발을 헛디뎌 넘어져요. 그래서 동이에게 업혀 건너가지요.

충줏집은 어떤 곳인가요?

충줏집 문을 들어서 술좌석에서 짜장 동이를 만났을 때에는 어찌 된 서슬엔지 발끈 화가 나 버렸다. 상 위에 붉은 얼굴을 쳐들고 제법 계집과 농탕치는 것을 보고서야 견딜 수 없었던 것이다.

허 생원과 동이가 한바탕 난리를 부리는, 봉평 장터에 있는 '충줏집'은 주막(酒幕)이에요. 주막은 '술막'이라고도 불렀는데, 이런 이름을 보면 술을 팔았던 곳이라는 것을 알 수 있어요. 하지만 시골에 있는 주막은 밥도 팔고 잠도 재워 주었어요. 그러니까 밥집, 술집, 여관의 구실을 함께 하던 곳이었답니다.

주막에서는 보통 주모가 거의 모든 일을 맡아 했어요. 이 소설에 나오는 '충줏집'이 주모지요. 그런데 주막 이름도 '충줏집'이고, 주모 이름도 '충줏집'이네요. 아마 주모 이름을 따서 주막 이름을 지었나 봅니다. 일거리가 많은 주막에서는 남자아이를 부리기도 했는데, 이런 아이를 '중노미'라고 불렀답니다.

  우리나라에 주막이 생긴 건 조선 후기예요. 주막이 장사가 되려면 여행이나 장사를 하기 위해 이리저리 떠돌아다니는 사람이 많아야 해요. 하지만 여러분도 알다시피, 조선 시대에는 농사를 짓는 사람이 많았어요. 농사짓는 사람이 농사일을 팽개쳐 두고 여행이나 장사를 하려고 돌아다녔을까요? 그러니까 주막은 상공업의 발달과 관련이 있는 것이죠. 허 생원이나 조 선달, 동이처럼 이곳저곳의 장터를 돌아다니며 장사를 하다가 주막에 들러 밥도 먹고 잠도 자는 장돌림이 많아야 장사가 되겠지요. 그래서 주막은 상공업이 발달하기 시작

하는 조선 후기부터 점점 많아지다가 조선 시대 말에는 전국적으로 여행에 불편이 없을 정도로 곳곳에 생겼습니다.

주막에서는 잠을 자는 요금을 따로 받지는 않았답니다. 음식이나 술을 먹고 값을 치르면 잠은 그냥 잘 수 있었다고 하네요. 그러니까 저녁을 먹으면 그 주막에서 자도 되고 안 자도 되고, 뭐 이런 식이었겠지요. 주막에서 밥을 시키면 쌀밥에 김치, 된장국이 꼭 나왔어요. 지역에 따라서는 조밥이나 콩밥이 나오기도 했고요. 반찬으로는 생선, 육류, 달걀 따위가 나왔답니다.

주막의 생김새는 일반 가정집과 크게 다르지 않았어요. 마루에서 술과 음식을 팔고, 잠을 잘 수 있는 온돌방이 한두 간 있었다고 하네요. 방 하나에서는 보통 열 명 정도가 같이 잠을 잤어요. 따로 이불 같은 것은 갖추어 놓지 않았지만, 온돌방이어서 그리 춥지는 않았나 봐요. 하지만 별로 깨끗하지는 않아서 벽이나 방바닥의 갈라진 틈으로 빈대 같은 것이 나와 잠자는 사람을 괴롭히기 일쑤였습니다. 그래서 여행을 많이 다니는 사람들은 수건이나 장갑을 가지고 다녔다고 하네요.

조 선달은 장사가 생각만큼 되지 않자 허 생원에게 한잔하며 마음을 달래자고 이야기해요. 허 생원이 짝사랑하는 '충줏집'이 주모로 있는 주막 '충줏집'에 가서요. 하루의 고달픔을 술 한잔으로 풀 수 있는 주막은, 떠돌이 인생인 장돌림에게 작은 즐거움을 주는 곳이었을 겁니다. 주막의 주모를 남모르게 짝사랑하는 경우는 더욱 그렇겠지요.

나귀는 어떤 동물인가요?

반평생을 같이 지내 온 짐승이었다. 같은 주막에서 잠자고, 같은 달빛에 젖으면서 장에서 장으로 걸어 다니는 동안에 이십 년의 세월이 사람과 짐승을 함께 늙게 하였다. 까스러진 목뒤털은 주인의 머리털과도 같이 바스러지고, 개진개진 젖은 눈은 주인의 눈과 같이 눈곱을 흘렸다.

나귀의 다른 이름은 '당나귀'예요. 말과 비슷한데 몸은 작아요. 털빛은 회색이 많은데 등에는 짙은 줄이 나 있어요. 그리고 입 주변이 희고, 귀가 길고, 다리가 짧으며, 꼬리 끝부분에 털이 길게 나 있어요. 나귀는 성장이 빨라 3년 6개월이면 다 자라요.

나귀는 강한 체질이라 거친 음식도 잘 먹고, 물기가 적고 추운 지역에서도 잘 적응해요. 또 질병에 대한 저항력도 강하고, 몸집에 비해 힘도 세고 지구력도 강하답니다. 그래서 사람들은 타고 다니거나 짐을 싣고 다니기 위해 나귀를 길렀어요. 요즘으로 치면 승용차나 트럭 구실을 하는 것이죠.

허 생원이나 조 선달 같은 장돌림에게는 나귀가 참 쓸모 있었어요. 나귀가 없다면 지게에다 짐을 지고 다녀야 하는데, 그러면 얼마나 힘들었겠어요. 그리고 소나 말은 너무 크고 비쌀 뿐 아니라 좁은 산길에서 맘 편히 끌고 다니기에 적당하지 않았대요.

나귀는 예전부터 사람과 매우 가까웠어요. 그래서 나귀가 나오는 이야기나 노래도 많아요. 여러분이 잘 아는 〈맴맴〉이라는 노래를 한번 볼까요. 아버지가 '나귀 타고 장에 가시고', '옷감 떠서 나귀에 싣고' 돌아온다고 하네요.

아버지는 나귀 타고 장에 가시고
할머니는 건너 마을 아저씨 댁에
고추 먹고 맴맴 달래 먹고 맴맴

아버지가 옷감 떠서 나귀에 싣고
딸랑딸랑 고개 넘어 오실 때까지
고추 먹고 맴맴 달래 먹고 맴맴

함윤덕, 〈기려도〉

이렇게 나귀는 짐을 싣고 다니기에 좋아서 일꾼들이 많이 찾는 동물이었어요.

그런데 글공부하는 선비들도 나귀를 좋아했어요. 나귀는 힘차게 달려서 목적지에 빨리 이르는 동물은 아니에요. 천천히 느긋하게 가죠. 그래서 선비들이 그윽한 마음으로 산책을 즐기고 싶을 때 나귀를 타고 길을 나서곤 했어요.

선비가 나귀를 탄 모습은 그림으로도 남아 있어요. 나귀 위에서 흔들흔들하며 생각에 잠기거나 멋진 시를 떠올리기도 하고, 풍경을 감상하면서 여유를 즐기는 선비의 모습, 멋지지 않나요?

칠십 리는 어느 정도의 거리인가요?

이지러는 졌으나 보름을 갓 지난 달은 부드러운 빛을 흐뭇이 흘리고 있다. 대화까지는 칠십 리의 밤길, 고개를 둘이나 넘고 개울을 하나 건너고 빌판과 산길을 걸어야 된다. 달은 지금 긴 산허리에 걸려 있다.

요즘 우리는 거리를 나타낼 때 '미터'나 '킬로미터'를 쓰지만, 옛날에는 '리(里)'를 썼어요. 1리는 0.392킬로미터인데, 계산하기 편하게 1리를 약 0.4킬로미터로 잡으면, 70리는 약 28킬로미터가 됩니다.

거리의 단위인 '리'를 처음 들어 보나요? 사실 우리는 '리'라는 말을 많이 접하고 살아왔어요. 다음 예를 한번 보세요.

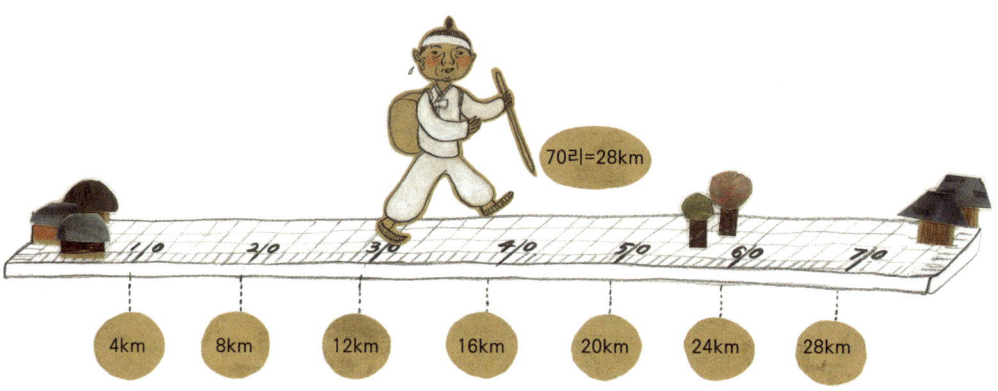

아리랑 아리랑 아라리요 아리랑 고개로 넘어간다.
나를 버리고 가시는 임은 십 리도 못 가서 발병 난다.

발 없는 말이 천 리 간다.

동해물과 백두산이 마르고 닳도록
하느님이 보우하사 우리나라 만세.
무궁화 삼천 리 화려 강산
대한 사람 대한으로 길이 보전하세.

  우리나라 사람이라면 누구나 다 아는 민요와 속담, 그리고 〈애국가〉에 '리'가 나오네요. 〈아리랑〉의 십 리는 4킬로미터이고, 속담에 나오는 천 리는 400킬로미터입니다. 그리고 〈애국가〉에 나오는 삼천 리는 1200킬로미터나 되네요. 또 중국의 '만리장성'은 성벽의 길이가 만 리, 즉 4000킬로미터나 되는 긴 성이라는 뜻입니다.
  옛날 사람들은 거리를 자로 잰 것이 아니라 시간으로 쟀어요. '보통 걸음으로 한 시간 가는 거리'를 10리라고 생각한 것이죠. 요즘 우리가 한 시간 동안 걸으면 4킬로미터 정도를 갈 수 있을지 모르겠지만, 어쨌든 예전엔 그랬어요. 김정호가 만든 〈대동여지도〉에도 그 증거가 있어요. 김정호는 지도를 만들 때 사람들이 다니는 도로를 그린 다음, 10리마다 점을 찍었어요. 그런데 도로 위에 찍은 점의 간격이 일

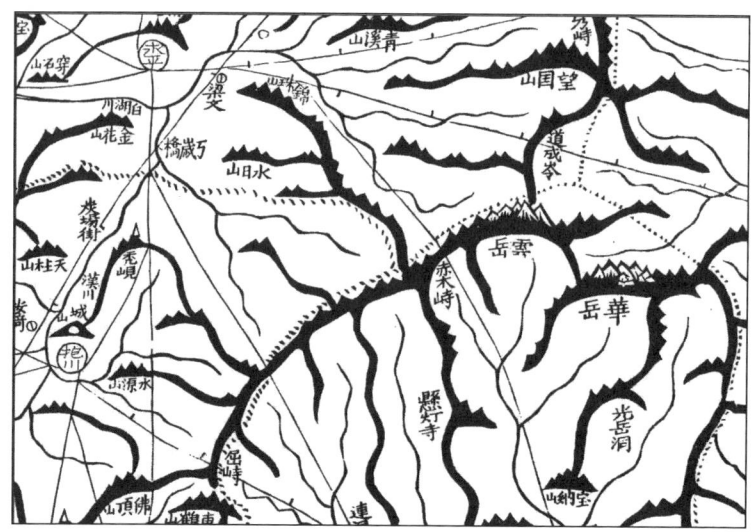
김정호, 〈대동여지도〉

정하지는 않아요. 평평한 지역에서는 10리 간격이 넓게, 산이 있는 곳에서는 10리 간격이 좁게 표시되어 있죠. 왜냐하면 평지에서 한 시간 동안 가는 거리와 산에서 한 시간 동안 가는 거리가 다르기 때문이에요. 당연히 산에서 한 시간 동안 가는 거리가 짧았겠죠.

  같은 10리인데 지도상에서 그 간격이 다르면 혼란스럽지 않을까요? 그렇지는 않아요. 실제 지도를 보고 길을 찾아가는 사람들 입장에서 보면 아주 편리한 방식이거든요. 점 개수만 세면 목적지까지 가는 데 얼마나 걸리는지 금방 알 수 있으니까요.

  봉평에서 대화까지는 칠십 리니까 보통 걸음으로 일곱 시간이 걸리겠네요. 밤에 잠도 못 자고 일곱 시간 동안 걸어야 했던 허 생원 일행은 정말 힘들었겠어요.

길이를 재는 단위

옛날에는 길이 단위를 정할 때 사람을 기준으로 삼았어요. '리'도 그렇고, "내 코가 석 자다."라는 속담에서 '자'는 손을 폈을 때 엄지손가락 끝에서 가운뎃손가락 끝까지의 길이를 말해요. "열 길 물 속은 알아도 한 길 사람 속은 모른다."에서 '길'은 사람의 키만 한 길이고요. 또 두 팔을 양옆으로 벌렸을 때 한쪽 손끝에서 다른 쪽 손끝까지의 길이를 나타내는 '발'도 있어요. 하지만 사람마다 걷는 속도가 다르고, 손 크기가 다르고, 키가 다르고, 팔 길이가 다른데 문제가 생기지 않을까요?

이것은 외국도 마찬가지예요. '인치(in)'는 원래 엄지손가락 폭을 기준으로 삼았어요. '피트(ft)'는 사람 발 길이고요. '야드(yd)'는 뻗은 팔의 손끝에서 얼굴의 코 중심까지 길이입니다. '마일(mile)'이라는 단위도 있는데, 1마일은 보통 걸음으로 1000걸음 정도였어요. 이 역시도 사람마다 엄지손가락 폭, 발 길이, 팔 길이, 걸음 폭이 다를 텐데 문제가 생기지 않을까요?

옷감을 파는 가게에서 손님이 말했습니다.
"옷감 열 자만 주세요."
가게 주인이 손님에게 옷감을 건네주었습니다.
"아니, 열 자가 왜 이렇게 짧아요?"
손님이 화를 냈습니다.
"제 손가락으로 쟀을 때는 열 자 맞거든요."
가게 주인도 당당하게 대꾸하였습니다.

사물을 재고, 물건을 비교·교환할 때 기준이 되는 자나 저울 등을 '도량형'이라고 불러요. 도량형이 다르면 위의 상황처럼 문제가 생길 수 있어요. 중국의 진시황은 중국 모든 곳의 도량형을 통일했어요. 우리나라도 세종, 영조 임금 등이 도량형의 기준을 정하기 위해 노력했죠. 서양에서도 도량형을 통일하려는 노력이 계속되었답니다.

프랑스는 국가와 인종을 초월하여 세상 모든 이들의 척도가 되는 도량형을 정하고 싶었어요. 그래서 지구의 크기를 그 기준으로 삼기로 결정했죠. 그래서 들랑브르와 메솅이 1792년부터 7년간 자오선의 거리를 재고, 이를 바탕으로 북극과 적도 사이 거리의 1000만분의 1을 1미터로 정했어요. 이렇게 만든 미터법이 오늘날 전 세계적으로 널리 쓰이고 있는 것이죠. 지구의 크기를 기준으로 삼으니, 사람마다 몸의 크기가 달라서 생기는 문제는 완전히 사라졌네요.

길이 단위 외에도 우리나라에는 무게를 재는 '근', 넓이를 재는 '평', 논의 넓이를 나타내는 '마지기'와 같은 단위가 있어요. 그런데 같은 '근'이라도 고기 한 근은 600그램이고, 과일 한 근은 400그램이고, 채소는 한 근이 200그램이에요. 논의 넓이를 나타내는 '마지기'도 경기도에서는 150평이 한 마지기지만, 충청도는 200평, 강원도는 300평이 한 마지기예요. 이런 점을 개선하기 위해 2007년부터 물건을 거래할 때는 m(미터), m²(제곱미터), g(그램)으로만 표시하도록 했답니다.

전통적인 도량형 단위는 사람마다 달라진다는 문제가 있지만 그만큼 더 인간적이에요. '한 마지기'는 '쌀 한 섬을 거둘 수 있는 논의 넓이'를 뜻해요. 척박한 지역에서 쌀 한 섬을 거두려면 비옥한 지역에서 쌀 한 섬을 거둘 때보다 더 넓은 논이 필요합니다. 프랑스의 농지는 흔히 '주르네'로 표시됐는데, 이는 농부가 하루 동안 쟁기로 갈아엎거나 수확할 수 있는 크기의 땅을 나타낸 것이에요. 땅 자체가 아니라 땅과 인간의 관계에서 땅을 바라본 것이죠. 단순히 땅의 넓이만을 뜻하는 표준화된 단위와는 사뭇 느낌이 다릅니다.

마찬가지로 '칠십 리 밤길'은 '걸어서 일곱 시간 걸리는 28킬로미터의 거리'라는 말로는 다 표현하지 못할 가치와 의미를 허 생원에게 전해 줘요. 그 길에서 허 생원은 삶의 기쁨과 슬픔과 희망과 후회를 느끼고 과거와 미래를 동시에 바라보았기 때문입니다.

허 생원은 왜 돈을 모으지 못했나요?

젊은 시절에는 알뜰하게 벌어 돈푼이나 모아 본 적도 있기는 있었으나, 읍내에 백중이 열린 해 호탕스럽게 놀고 투전을 하고 하여 사흘 동안에 다 털어 버렸다. 나귀까지 팔게 된 판이었으나 애끓는 정분에 그것만은 이를 물고 단념하였다. 결국 도로아미타불로 장도리를 다시 시작할 수밖에는 없었다.

허 생원은 백중이 열린 해에 투전을 했다가 모은 돈을 다 털어 버렸어요.
 '백중'은 음력 7월에 행하는 세시풍속이에요. 세시풍속이란 해마다 일정한 시기에 되풀이하는 민족의 풍습으로, 설, 추석, 단오 등이 대표적인 세시풍속입니다.
 백중 때는 집집마다 새로 난 과일이나 채소 따위를 조상의 신위에 올리고 머슴과 일꾼 들에게 돈과 휴가를 주어 놀게 했어요. 백중날 받는 돈을 '백중돈'이라고 했지요. 백중돈으로는 장터에 나가 물건을 사거나 놀이를 즐겼어요. 이때 서는 장을 '백중장'이라고 했답니다. 이처럼 백중은 농사에 시달렸던 사람들이 즐길 수 있는 날이었어요. 허 생원은 이날 하필이면 투전(노름)에 빠져 그동안 모아 둔 돈을 몽땅 날려 버린 것이죠.

김준근, 〈투전〉

그렇다면 투전은 무엇일까요? 투전은 조선 시대에 유행했던 노름을 말하는 것이기도 하고, 그 노름에 쓰인 도구를 말하기도 해요. 창호지나 마분지를 여러 겹 붙여서 두 텁게 만든 다음 가로 1.5센티미터, 세로 18센티미터 정도의 크기로 오립니다. 그 종이에 사람, 새, 짐승, 벌레, 물고기 따위를 그려 끗수를 나타냈지요. 60장 또는 80장을 한 벌로 하는데, 실제 쓸 때는 25장 또는 40장만 쓰기도 했어요.

투전은 조선 영조 때부터 많이 번졌다고 해요. 노름이 성행해서 좋은 일은 없겠지요? 그래서 당시 나라에서는 투전을 금지하기 위해 무척 노력했답니다.

허 생원은 투전에 빠져 평생 모은 돈을 사흘 만에 날려 버렸어요. 허 생원이 원래 노름을 좋아하는 성격일까요? 그래서 속된 말로 '인생 한방'을 노리며 노름판에 뛰어들었을까요?

　조 선달은 가족이 있지만, 허 생원은 지킬 가족도 의지할 가족도 없어요. 단 한 번의 인연을 빼고는 평생 사랑을 받아 본 적도 없지요. 그래서 허 생원은 그 메울 수 없는 허전함을 투전으로 달래 보려 한 것 같아요. 정말 노름에 빠졌다면 평생 가족처럼 지내 오던 나귀마저 노름 밑천으로 팔아 버렸을 겁니다. 그래도 나귀는 지켰으니 불행 중 다행이네요. 나귀를 지켰기 때문에 장돌림을 계속할 수 있었고, 그러다 동이를 만났으니 말이죠.

메밀꽃은 어떻게 생겼나요?

산허리는 온통 메밀밭이어서, 피기 시작한 꽃이 소금을 뿌린 듯이, 흐뭇한 달빛에 숨이 막히게 하얬다. 붉은 대궁이 향기같이 애잔하고 나귀들의 걸음도 시원하다. 길이 좁은 까닭에 세 사람은 나귀를 타고 외줄로 늘어섰다. 방울 소리가 시원스럽게 딸랑딸랑 메밀밭께로 흘러간다.

메밀꽃은 하얀색이에요. 가지 끝이나 줄기 끝에 여러 송이가 모여 달리는데, 꽃잎은 없고 꽃 지름은 6밀리미터 안팎이지요. 이 작은 꽃들이 무리 지어 피면, 마치 눈이 온 것처럼 보인답니다. 눈이 시리도록 하얗게 피어 있는 메밀꽃을 작가는 이렇게 표현해요. '소금을 뿌린 듯

이 흐뭇한 달빛에 숨이 막히게 하였다.'라고요.

메밀꽃은 보통 7~10월까지 펴요. 더위가 가시고 이른 가을이 되면, 강원도 평창군 봉평면 일대는 메밀꽃으로 가득 차지요. 대낮에 봐도 예쁘고 하얀 꽃을 달밤에 본다면 더욱 멋질 거예요. 달빛을 받으며 메밀꽃밭 사이로 걸어가는 연인을 생각해 보세요. 그래서 메밀꽃의 꽃말이 '연인'이에요.

메밀은 세모 모양의 갈색 열매인데, 쓰임새도 많고 영양도 풍부해요. 재배 기간이 짧아서 흉년이 들 때 나라에서 권장한 작물이라고 해요. 메밀은 척박한 땅에서도 잘 자랄 정도로 강인한 식물이에요. 그래서 강원도에서도 잘 자라지요.

메밀은 영양도 풍부하고 건강식으로도 인기가 높아요. 보통은 가루로 만들어 메밀묵이나 메밀국수나 냉면 등의 원료로 쓰이지요. 여름에 메밀국수를 많이 찾는 까닭은 메밀의 찬 성분이 몸의 열을 내려 주기 때문이라고 해요. 그리고 소화도 잘 되고 다이어트에도 효과가 있어요.

이렇게 메밀은 맛도 영양도 만점이지만, 음식으로 만들어 먹으려면 보통 손이 많이 가는 것이 아니었답니다. 그래서 먹고살기가 수월해지면서 메밀을 잘 안 심다가 이효석의 〈메밀꽃 필 무렵〉 덕분에 봉평 일대에 다시 심기 시작했대요.

이 소설에서 '메밀꽃 필 무렵'은 시간적 배경과 공간적 배경의 이중적 의미를 지니고 있어요. 메밀꽃 필 무렵은 허 생원의 과거와 현재를 이어 주는 시간적 배경이에요. 허 생원은 과거 메밀꽃 필 무렵에 성 서방네 처녀를 만났고, 현재 이 무렵에 동이를 만났지요. 두 번이나 잊을 수 없는 일이 일어나는 시간이 바로 메밀꽃 필 무렵이지요.

　그리고 메밀꽃 핀 산길은 이야기를 환상적이고 아름답게 꾸며 주는 공간적 배경이에요. 아름답고 낭만적인 자연 속에서 이야기를 하기 때문에 이들의 이야기가 더 아름다워 보이지요. 허 생원을 살아 있게 만드는 공간적 배경이 달밤의 메밀꽃 필 무렵이에요.

메밀? 모밀?

여름철 많이 찾는 음식 가운데 하나가 메밀국수예요. 하지만 음식점에 가 보면 '모밀국수'라고도 적혀 있어요. 어느 것이 맞는 말일까요?
'메밀국수'가 맞는 말이에요. '모밀'은 '메밀'의 함경도 사투리랍니다. 강원도에서도 두루 쓰는 말이고요. 메밀의 열매가 뾰족뾰족 모가 나 있어서 '모밀'이라고도 한답니다. 1937년에 발표된 이 소설의 원제목은 '모밀꽃 필 무렵'이었어요.

물레방앗간은 뭐 하는 곳인가요?

"돌밭에 벗어도 좋을 것을, 달이 너무도 밝은 까닭에 옷을 벗으러 물방앗간으로 들어가지 않았나. 이상한 일도 많지. 거기서 난데없는 성 서방네 처녀와 마주쳤단 말이네. 봉평서야 제일가는 일색이었지."

"그러나 처녀란 울 때같이 정을 끄는 때가 있을까. 처음에는 놀라기도 한 눈치였으나 걱정 있을 때는 누그러지기도 쉬운 듯해서 이력저럭 이야기가 되었네. …… 생각하면 무섭고도 기막힌 밤이었어."

'쿵덕쿵 쿵덕쿵 찌그덕 찌그덕'. 물레방아가 돌아가는 소리예요. 물레방아는 냇가에 물길을 만들어 물이 떨어지는 힘으로 곡식을 찧을 수 있게 만든 것이에요. 물이 쏟아져서 나무 바퀴를 돌리면 나무가 방아채의 끝을 눌러 번쩍 들어 올렸다가 떨어뜨리죠. 그러면 그 끝의 공이가 곡식을 찧도록 되어 있어요. 사람의 힘을 덜어 주는 아주 편리한 도구지요.

물레방앗간은 물레방아를 설치해 놓은 곳이에요. 곡식을 찧기도 하고, 찧은 곡식을 보관하고, 그곳에서 사람들이 일도 해야 해서 물레방아 옆에 크고 넓게 만들었어요. 마을에 꼭 하나씩은 있었는데, 보통은 물길이 세차고 마을에서 멀리 떨어진 곳에 세웠답니다.

그런데 사람들은 물레방앗간을 단순히 곡식을 찧는 곳만으로 쓴 것은 아닌 것 같아요. 물레방아가 돌아가며 쿵덕쿵 내려 찧는 모습이 좀 묘한 느낌을 주기도 해요. 그래서 물레방앗간에서는 야릇한 일들도 종종 일어났지요.

옛날엔 부모가 정해 준 사람과 결혼을 해야 했고, 결혼을 하기 전까지는 남녀가 함부로 만날 수도 없었어요. 그래서 좋아하는 사람이 생기면 물레방앗간에서 몰래 만났어요. 사랑을 속삭이고픈 남녀들이 이곳에 몰래 숨어들었던 거죠.

물레방앗간이 그런 장소가 된 데에는 몇 가지 까닭이 있어요.

첫째는 찾기가 쉬울 뿐 아니라 마을과 멀리 떨어져 있어서예요. 낮에는 거기서 곡식을 찧고 이런저런 일도 하지만, 밤이 되면 아무도 오지 않거든요. 둘째는 물소리가 워낙 커서 사람 소리가 잘 새어 나가지 않기 때문이에요. 셋째는 비바람을 피할 수 있는 공간이라는 거예요. 앉을 자리도 있고 누울 자리도 있고 비를 피할 수도 있으니까요.

성 서방네 처녀는 물레방앗간에 연인을 만나러 온 것이 아니라 속상함을 달래러 왔다가 뜻하지 않게 허 생원을 만났어요. 이렇게 물레방앗간은 노동의 장소이자, 사랑을 속삭이는 곳이기도 하고, 억울한 심정을 푸는 곳이기도 한 것 같아요.

성 서방네 처녀는 왜
시집을 가지 않겠다고 했나요?

"처녀는 울고 있단 말야. 짐작은 대고 있었으나 성 서방네는 한창 어려워서 들고날 판인 때였지. 한 집안 일이니 딸에겐들 걱정이 없을 리 있겠나. 좋은 데만 있으면 시집도 보내련만 시집은 죽어도 싫다지."

일제 강점기 당시 우리나라 여성들의 평균 결혼 연령은 17세 전후였어요. 집안이 가난할수록 일찍 결혼하는 경우가 많았고, 도시 여성의 평균 결혼 연령이 농촌 여성보다 두 살 정도 높았대요. 아무래도 도시 여성들이 농촌 여성들보다 교육을 받거나 취업을 할 수 있는 기회가 더 많아서겠지요.

그런데 남자들은 가난할수록 결혼을 늦게 하는 경우가 많았다고 해요. 대체로 비슷한 처지의 사람들끼리 결혼을 하다 보니, 가난한 가정에서는 부부의 나이가 열 살 정도 차이가 나는 경우도 있었대요.

그 시절에 결혼한 여성들의 삶은 어땠을까요?

아침 일찍 일어나 집안일을 시작하고 낮에는 틈틈이 농사일을 거들어야 했어요. 그리고 일찌감치 저녁을 먹은 후 삯바느질이나 다른 부업을 해야 했지요. 그리고 아이도 낳아 길러야 했어요. 가부장적 사고방식에 익숙한 나이 많은 남편과 시댁 어른들의 시중도 들어야 했고요. 남편에게 매를 맞아도 아무 말 못하고 그냥 살아야만 했어요. 결혼하기도 쉽지 않은 만큼 이혼하기도 쉽지 않았으니까요.

　대개의 경우 그 시절의 여성들은 아버지가 정해 준 사람과 얼굴도 보지 않은 채 결혼하곤 했어요. 그러니 그 시절, 아버지의 결정은 딸의 삶에 큰 영향을 끼쳤겠지요. 딸이 아버지의 결정도 쉽게 거스를 수 없었을 테고요.

　그렇다면 성 서방네 처녀는 왜 시집을 가지 않겠다고 했을까요?

　아무리 그 옛날의 여성이라고 해도 자신이 꿈꾸는 결혼 생활이 있었을 거예요. 오늘날과 마찬가지로 그 시절 여성들 역시 대부분 행복한 결혼 생활이란 '좋은 남편을 만나 밥 먹을 걱정하지 않고 자식 낳고 잘 사는 것'라고 생각했겠지요.

　소설에서 분명히 드러나지는 않지만, 성 서방네 처녀는 결혼하고도 계속 힘들게 살아가는 주위 여성들의 모습을 봐 왔을 거예요. 그들의 삶을 보면서, 결혼이 자신에게 닥친 현실의 문제를 해결해 주는 답이 될 수 없다고 생각했을 거예요. 돈 때문에 팔려가듯 결혼을 해야 한다고 생각하면 속도 많이 상했을 거예요. 비슷하거나 조금 나은 사람과 결혼을 해서 여전히 가난한 가정을 꾸려 나가야 하는 입장이 되어야 한다면 그 역시 마음에 부담이 되었겠지요. 그러니 아버지가 시집을 가라고 해도 선뜻 가겠다고 대답할 수가 없었을 겁니다.

성 서방네는 제천으로 왜 도망갔나요?

"제천인지로 줄행랑을 놓은 건 그다음 날이었나?"
"다음 장도막에는 벌써 왼 집안이 사라진 뒤였네. 장판은 소문에 발끈 뒤집혀 고작해야 술집에 팔려 가기가 상수라고 처녀의 뒷공론이 자자들 하단 말이야. 제천 장판을 몇 번이나 뒤졌겠나. 하나 처녀의 꼴은 꿩 궈 먹은 자리야."

이 소설에는 성 서방이 어떤 사람인지 나와 있지 않아요. 그래서 독자들은 성 서방이 어떤 일을 하고 살았는지 알 수 없어요. 다만 성 서방네가 봉평에서 살았고 무척 가난했다는 사실만 드러나 있어요.

집이 봉평에 있는 것으로 봐서 성 서방은 허 생원이나 조 선달과는 달리 봉평에 정착해 살았음을 알 수 있어요. 그러니 떠돌이 장돌림은 아니었겠네요.

그때만 해도 농촌에 사는 사람들은 대부분 농사를 짓고 살았으니, 성 서방 역시 농사를 짓고 살았을 거예요. 성 서방이 가난 때문에 야반도주를 했다고 하니 자기 땅을 가지고 농사를 짓지는 않았을 것 같아요. 성 서방은 아마도 소작농이었을 겁니다.

소작농은 땅 주인에게 해마다 소작료를 내야 했어요. 1930년대에 들어서면서 농촌도 먹고살기가 무척 힘들어졌다고 합니다. 보릿고개도 더 심해졌고요. 심지어 지주들도 예전에 비해서는 사정이 많이 나빠졌다고 하네요. 그래서 소작인들에게 소작료를 더 많이 받아 내려고 했어요. 그렇지만 정말 어려운 사람은 가난한 소작인이었지요. 그러니 지주의 요구를 쉽게 들어줄 수 없었을 겁니다. 결국 지주는 소작인에게 소작료를 강제로 받아 내려고 했겠지요. 집을 빼앗기도 하고 한 해의 수확을 통째로 가져가기도 하고……. 소작인 역시 그냥 당하기만 하지는 않았다고 해요. 성 서방처럼 야반도주를 하기도 하고, 집에 불을 지르거나 스스로 목숨을 끊기도 했대요. 나중에는 지주에게 대항하기도 했고요.

그 시절 소작농은 한번 빚을 얻게 되면 쉽게 갚을 수 없었다고 해요. 소작료는 오르고, 추수한 곡식은 얼마 안 되고, 또 농사도 지어야 하고, 빚을 얻으면 원리금도 줘야 하고……. 줘야 할 돈은 많은데 들어오는 돈은 없으니 빚을 더 낼 수밖에요.

소설의 내용으로 추측해 보건대, 성 서방은 가난한 소작인들처럼 살았을 것 같아요. 그래서 어쩔 수 없이 야반도주를 한 것이 아니었을까요? 빚 독촉이 만만치 않았을 테니까요.

어쨌든 성 서방네는 제천으로 도망을 갔어요. 굳이 제천이 아니어도 상관은 없었을 거예요. 자신을 알아보는 사람이 없는 곳이라면 어디든 괜찮을 테니까요.

성 서방네 처녀는 허 생원을 사랑했을까요?

> 눈을 감아도 눈을 떠도 생각나는 그 애의 얼굴.
> 붉어지는 내 볼. 콩닥거리는 가슴.
> 그러다 답답해지는 마음. 다시 좋아지는 기분.
> 가끔 멍해지는 나. 괜히 입가에 떠오르는 미소.

무엇을 말하는 것일까요? 예, 맞아요. '사랑'입니다. 여러분은 사랑을 해 보았나요? 아니면 언젠가 올 사랑을 기대하고 있나요?

허 생원은 성 서방네 처녀와 나누었던 물레방앗간에서의 하룻밤 인연을 잊지 못해요. 생긴 것도 볼품없고, 장돌림을 하느라 집도 없이 떠돌아다니는 허 생원이 여자를 만나기란 쉽지 않았을 거예요. 그래서 하룻밤 인연을 두고두고 이야기합니다. 특히 성 서방네 처녀를 만났던 날처럼 달이 밝은 밤이면 어김없이요. 그리고 동업자인 조 선달의 귀에 못이 박힐 정도로요.

하지만 성 서방네 처녀 입장에서 보면 전혀 다른 이야기가 될 수도 있습니다. 성 서방네 처녀의 목소리로 당시 상황을 한번 들어 보도록 할까요?

나는 힘들고 어려운 집안 형편 때문에 속상해서 실컷 울기나 하려고 밤에 물레방앗간에 갔어요. 거기서 울고 있는데 불쑥 어떤 남정네가 들어오는 거예요. 깜짝 놀랐죠. 겁도 덜컥 났고요. 어찌할 줄을 모르고 있다가 그 남정네를 보니, 장터에서 장돌림을 하는 허 생원인 거예요. 장터에서 몇 번 보기도 했고, 물건을 사기도 했었죠. 아무튼 낯익은 사람이라 조금은 안심이 되었어요. 그러자 다시 눈물이 쏟아지지 뭐예요. 그리고 옆에 누가 있으니까 답답한 심정을 하소연하고 싶어지더라고요. 다행히 허 생원이 제법 이야기를 잘 들어 줬어요. 한참 이야기를 하고 나니 답답함과 서글픔이 좀 풀렸어요. 또 이런저런 이야기를 하다 보니 점점 허 생원이 괜찮아 보이는 거예요. 허 생원이 잘생겼다고는 할 수 없지만, 왠지 남자답게 느껴졌어요. 아마도 달빛과 물레방앗간이 거는 사랑의 마법이었던 모양이에요. 그렇게 점점 허 생원에게 마음이 끌리다 결국 얼떨결에 하룻밤 인연을 맺게 되었어요.

장돌림이자 얼금뱅이요 왼손잡이인 허 생원과 봉평에서 제일가는 일색이었던 성 서방네 처녀는 서로 어울리지 않아 보입니다. 최소한 성 서방네 처녀 입장에서 보면, 허 생원이 자신의 이상형은 아니었을 겁니다. 실컷 울려고 들어간 물레방앗간에서 우연

히 만난 사람이 떠돌이 허 생원이라니! 하룻밤이 지난 다음 날 아침, 성 서방네 처녀는 소스라치게 놀랐을지도 모릅니다. 달빛과 물레방앗간의 마법에 취한 자신을 원망하면서.

그렇다면 성 서방네 처녀는 허 생원을 평생 원망하면서 보냈을까요? 아니면 허 생원과 마찬가지로 잊지 못하면서 그리워했을까요? 그건 아무도 알 수 없습니다.

그 하룻밤에 성 서방네 처녀는 허 생원에게 사랑을 느꼈을 수도 있어요. 사랑이란 사람이 가지는 가장 뜨거운 마음이에요. 그리고 언제 어디서 어떻게 생겨날지 모르는 마음이기도 하죠. 비록 누가 보더라도 어울리지 않는 허 생원과 성 서방네 처녀지만, 사랑이 싹틀 수도 있습니다. 그리고 이루어지지 않았기에 더욱 애틋하고 아련하고 그리울 수도 있어요. 완전히 다 타지 못한 사랑이 가슴속에 불씨로 남는 것처럼요. 그러다 달빛이 그 불씨에 바람을 불면 다시 타오릅니다.

어쩌면 허 생원이 달빛을 보며 성 서방네 처녀를 그리워하는 그 순간, 허 생원이 있는 산길에서 백 리 떨어진 어느 마을에 있는 성 서방네 처녀도 달을 보며 허 생원을 생각할지 모르겠네요.

**사랑에
대한
심리 테스트**

여러분의 사랑법을 알아보는 심리 테스트를 해 볼까요? 심심풀이로 한번 해 보세요.

먼저 눈을 감으세요. 그리고 자신의 이상형을 만나 환상적인 연애를 하고 있는 자신의 모습을 상상해 보세요. 기분이 아주 좋죠? 그럼 이제 그 느낌에 어울리는 색깔을 생각해 보고, 아래에서 하나를 골라 보세요.

- 흰색을 선택한 사람 : '순결한 사랑'을 꿈꾸는 사람입니다. 정신적인 사랑을 좋아한다고 할 수 있지요.
- 빨간색을 선택한 사람 : '열정적인 사랑'을 꿈꾸는 사람입니다. 모험적인 사랑을 좋아하기도 하고요.
- 초록색을 선택한 사람 : '친구 같은 사랑'을 꿈꾸는 사람입니다. 가까워지지도 멀어지지도 않는 기찻길처럼요.
- 파란색을 선택한 사람 : '이성적인 사랑'을 꿈꾸는 사람입니다. 상대방을 이해하는 배려심이 가장 중요하지요.
- 검은색을 좋아하는 사람 : '짝사랑'을 꿈꾸는 사람입니다. 상대방에게 다가가는 용기가 2퍼센트 부족한 사람이라고나 할까요.

'달밤'은 어떤 구실을 하나요?

"달밤에는 그런 이야기가 격에 맞거든."
조 선달 편을 바라는 보았으나 물론 미안해서가 아니라 달빛에 감동하여서였다. 이지러는 졌으나 보름을 갓 지난 달은 부드러운 빛을 흐뭇이 흘리고 있다. …… 달은 지금 긴 산허리에 걸려 있다. 밤중을 지난 무렵인지 죽은 듯이 고요한 속에서 짐승 같은 달의 숨소리가 손에 잡힐 듯이 들리며, 콩 포기와 옥수수 잎새가 한층 달에 푸르게 젖었다. 산허리는 온통 메밀밭이어서, 피기 시작한 꽃이 소금을 뿌린 듯이, 흐뭇한 달빛에 숨이 막히게 하였다.

달빛은 인간의 원초적이고 본능적인 정서를 불러일으켜요. '늑대 인간'의 이야기를 들어 본 적이 있나요? 보름달이 뜨면 평범한 사람이 늑대 인간으로 변하거나, 보름달이 뜬 밤에 늑대 인간이 가장 활발하게 활동을 하곤 하지요. 달밤에 활동하는 늑대 인간의 모습에서 우리는 본능에 충실한 인간의 모습을 발견하곤 해요. 그래서 작가들은 인간의 본능적인 감정이나 행위를 표현할 때 흔히 달이나 달빛을 소재로 삼곤 한답니다.

  사실 허 생원과 성 처녀는 서로 바라보기만 해도 설레고 마음이 뿌듯해지는 사랑을 나눈 것은 아니에요. 이들은 어느 달밤에 우연히 만나 은밀한, 그리고 본능에 충실한 사랑을 나누었지요. 특히 이 소설에서는 달빛에 '젖다'나 '짐승 같은 숨소리'와 같은 표현을 함께 씀으로써 이들의 사랑을 더욱 본능적이고 원초적인 것으로 표현하고 있어요.

  달빛이 없었다면 허 생원의 사랑 이야기는 어떤 느낌을 줄까요? 허 생원의 사랑 이야기는 야하다는 느낌이 전혀 들지 않아요. 오히려 아름다운 추억으로 표현되고 있어요. 어떻게 이게 가능할까요? 그것은 달빛 덕분이에요. 달빛은 희고 아름답지요. 사람들은 흰색에서 순수함이나 아름다움을 떠올립니다.

  달빛이 없었다면 허 생원은 성 처녀와 맺어질 수 있었을까요? 달빛은 햇빛과는 달리 부드럽고 은은하죠. 그래서 달이 뜨는 밤이면 사람들은 어떤 생각이나 감정에 깊이 빠져들곤 한답니다. 평소 같으면 이루어질 수 없었던 허 생원과 성 처녀와의 사랑이 쉽게 이루어질 수 있었던 것도, 달밤이 부드러운 분위기를 만들어 주었기 때문일 거예요.

허 생원은 성 처녀와 인연을 맺은 그날처럼 아름다운 달밤이 되면 더욱더 성 처녀 생각이 간절했을 거예요. 이 밤 역시 달빛이 흐르는 아름다운 밤이죠. 그러니 달밤은 허 생원의 과거 추억과 현재를 이어 주는 매개체 구실도 하고 있네요. 그리고 달빛 덕분에 허 생원은 일행에게 자신의 첫사랑 이야기를 할 수가 있었어요. 달빛이 있으니 길을 가기가 훨씬 수월해졌기 때문이지요. 달빛 덕분에 조금 여유도 생겼고요. 걷기가 힘들어 마음이 바빴다면, 첫사랑의 추억을 떠올리기도 쉽지 않았을 거예요. 달빛은 허 생원이 사람들에게 첫사랑 이야기를 할 수 있게 낭만적인 분위기도 만들어 주었어요.

하나만 더 생각해 볼까요? 이 소설은 어떻게 마무리되었나요?

달이 어지간히 기울어졌다.

허 생원의 이야기가 끝나니 달도 기울어지네요. 그럼 이야기의 시작은 어땠나요? 분명히 드러나지는 않지만 달이 뜬 지 얼마 되지 않았을 무렵이죠. 밤이 시작될 무렵이라고 봐도 좋겠어요. 그러니까 이 작품은 '달'이 뜨면서 시작되고 '달'이 기울면서 끝나요. 그렇다면 이 소설에서 '달이 뜨고 지는 것'은 이야기의 시작과 끝과 밀접한 관련이 있어요.

   이 소설에서 달은 정말 중요한 구실을 하고 있어요. 작가들은 이렇게 자신의 의도와 생각을 가장 잘 드러낼 수 있는 소재를 선택해 가장 적절한 곳에 배치한답니다. 이 소설에서는 달이 그런 소재라고 할 수 있어요.

'허 생원'이 이름인가요?

얼금뱅이요 왼손잡이인 드팀전의 허 생원은 기어코 동업의 조 선달에게 낚구어 보았다.

충줏집을 생각만 하여도 철없이 얼굴이 붉어지고 발밑이 떨리고 그 자리에 소스라쳐 버린다.

"김 첨지 당나귀가 가 버리니까 왼통 흙을 차고 거품을 흘리면서 미친 소같이 날뛰는걸."

"읍내 강릉집 피마에게 말일세."

'허 생원'은 이름이 아니에요. 조 선달도 그렇고요. 그런데 왜 이들은 이름 대신 '허 생원', '조 선달', '김 첨지'라고 부를까요?
   우리나라는 예로부터 이름을 귀하게 여겨 함부로 부르지 않는 풍습이 있었어요. 지금도 '김 양, 이 군, 박 서방, 노 대통령, 윤 선생, 최 씨 아저씨'처럼 이름을 빼고 부르는 경우가 많아요. 허 생원이 살던 시대에도 이름을 잘 안 불렀어요. 대신 나이에 맞게 적당한 호칭을

깊게 읽기 81

골라서 불러 주었답니다.

　옛날에는 남자 어른에게 생원, 선달, 첨지 같은 호칭을 주로 썼어요. '허 생원, 조 선달, 김 첨지'는 요즘으로 치면 '허씨 아저씨, 조씨 아저씨, 김씨 아저씨' 같은 말이에요.

　그러면 '생원, 선달, 첨지'는 무슨 뜻일까요?

　조선 시대에 양반들은 과거 시험을 치렀어요. 과거 시험에는 글 잘하는 사람을 뽑는 문과 시험과 무예가 뛰어난 사람을 뽑는 무과 시험이 있었지요. 문과 시험은 1단계와 2단계 시험이 있었는데, 1단계를 통과한 사람을 '생원'이라고 불렀어요. 무과 시험은 1~3단계 시험이 있었는데, 2단계까지 통과한 사람을 '선달'이라고 불렀고요. 그러나 둘 다 마지막 단계까지 통과해야 벼슬을 받을 수 있었기 때문에 '생원'이나 '선달'만 가지고는 아무 쓸모가 없었죠. 벼슬자리 수는 정해져 있고 과거 시험에 응시하는 사람은 많아서, 나중에는 생원과 선달이 점점 늘어나게 되었어요. 그러다 보니 나이 든 양반 치고 생원이나 선달 아닌 사람이 없게 된 것이죠.

첨지는 '첨지중추부사'의 줄임말로, 조선 시대 벼슬 이름이에요. 별다른 일 없이 자리만 차지하는 벼슬이었죠. 조선 말기에 사회가 혼란할 때 돈으로 관직을 사고팔기도 했는데, 그때 가장 얻기 쉬운 관직이 바로 첨지였어요. 백성들은 '돈만 있으면 개도 멍 첨지'라는 말로 그런 현실을 비꼬았답니다.

이렇게 '생원, 선달, 첨지'는 아주 흔한 호칭이었어요. 그런데 조선 시대에 평민들이 이런 호칭을 쓸 수는 없었어요. 시간이 흘러 신분 제도가 사라지면서 이런 호칭이 자연스럽게 쓰인 것이죠. 소설에는 안 나오지만 허 생원과 조 선달이 처음 만났을 때 어쩌면 다음과 같은 대화가 오가지 않았을까요?

> "만나서 반갑소. 내 이름은 '허○○'이오. 편하게 허 생원이라고 부르시오."
>
> "앞으로 잘 지내 봅시다. 내 이름은 '조○○'이오. 다들 나를 조 선달이라고 부르니, 허 생원도 그렇게 부르시구려."

조선 시대 여성들의 호칭, 택호

조선 시대에는 시집가기 전까지 이름을 부르다가, 시집을 가면 'ㅇㅇ댁'이라고 불렀어요. 'ㅇㅇ' 자리에는 출신지를 넣었답니다. 예를 들어, 충주에서 시집 온 여성은 '충주댁', 강릉에서 시집온 여성은 '강릉댁'이라고 불렀지요. 이런 이름을 '택호'라고 합니다. 'ㅇㅇ댁'을 편하게 낮추어 부르면 'ㅇㅇ집'이 됩니다. '충주댁'을 낮추어 부르면 '충줏집'이 되고, '강릉댁'은 '강릉집'이 되는 것이죠. 만약 같은 마을에서 결혼을 할 경우에는 택호를 어떻게 붙였을까요? 그것도 여러 쌍이 같은 마을 안에서 결혼을 한다면 말이죠. 그럴 때는 '지동댁(제 동네댁)', '본동댁', '근동댁', '웃담댁', '아랫담댁'처럼 마을 안에서 집 위치에 따라 택호를 붙여 주었답니다.

한편, 남편은 부인의 택호에 따라 호칭을 붙였어요. '충주댁'의 남편은 '충주 양반', '강릉댁'의 남편은 '강릉 양반' 하는 식이지요. 아내의 출신 지역에 따라 남편 호칭이 결정되었다니, 어쩐지 조선 시대가 꼭 남존여비였던 것만은 아닌 듯하네요.

시골에서는 요즘도 택호를 써요. 아래 시에서처럼 말이에요.

오산리에서 시집와
오살댁이라 불리는
민수네 엄니가 오늘은 입 다물었다.
서울서 은행 다니는
아들 자랑에 해 가는 줄 모르고
콩밭 매며 한 이야기 피사리할 때 또 하고
어쩌다 일 없는 날에도
또 그 자랑 하고 싶어 옆집 뒷집 기웃거리던
오살댁 오늘은 웃지 않는다.
……
— 유종화, 〈오살댁 일기 1〉

왼손잡이는 사람을 못 때리나요?

아이의 웃음소리에 허 생원은 주춤하면서 기어코 견딜 수 없어 채쭉을 들더니 아이를 쫓았다.
"쫓으라거든 쫓아 보지. 왼손잡이가 사람을 때려?"
줄달음에 달아나는 각다귀에는 당하는 재주가 없었다. 왼손잡이는 아이 하나도 후릴 수 없다. 그만 채쭉을 던졌다. 술기도 돌아 몸이 유난스럽게 화끈거렸다.

허 생원은 어른이고, 각다귀는 아이예요. 그런데 각다귀가 허 생원을 놀리고 도망가네요. 왜 그럴까요?
　각다귀가 "왼손잡이가 사람을 때려?" 한 것을 보면, 왼손잡이를 깔보고 있음을 알 수 있어요. 각다귀만 그렇게 생각한 것이 아니라 허 생원도 왼손잡이인 자신을 낮잡아 보고 있어요. "왼손잡이는 아이 하나도 후릴 수 없다."라고 한 데서 알 수 있지요. 당시 사람들은 '왼손잡이'를 비정상으로 생각한 것 같아요.
　그런데 그런 생각은 우리나라에만 있었던 것은 아니에요. 남아프리카에 사는 어떤 부족은 자식이 왼손잡이면 사막으로 데리고 가서 구덩이를 파고 아이의 왼손을 그 뜨거운 모래 속에 파묻었다고 해요.

깊게 읽기 85

왼손잡이를 고치려고요.

 우리나라에서도 아이들이 왼손으로 글씨를 쓰거나 밥을 먹으면 어른들이 혼내는 일이 많아요. 왼손으로 이런 일을 하는 것이 잘못되었다고 생각하기 때문이겠죠.

 이처럼 옛날이나 지금이나, 동양이나 서양이나 왼손잡이를 부정적으로 바라보았어요. 어쩌면 요즘도 그럴지 모르겠네요.

 왼손잡이에 대한 한 연구 보고서에 따르면, 사람들 가운데 7~10퍼센트 정도가 왼손잡이라고 해요. 그래서 그런지 일상생활에 쓰이는 많은 물건들이 오른손잡이에게 편리하고 되어 있어요. 여러분이 입고

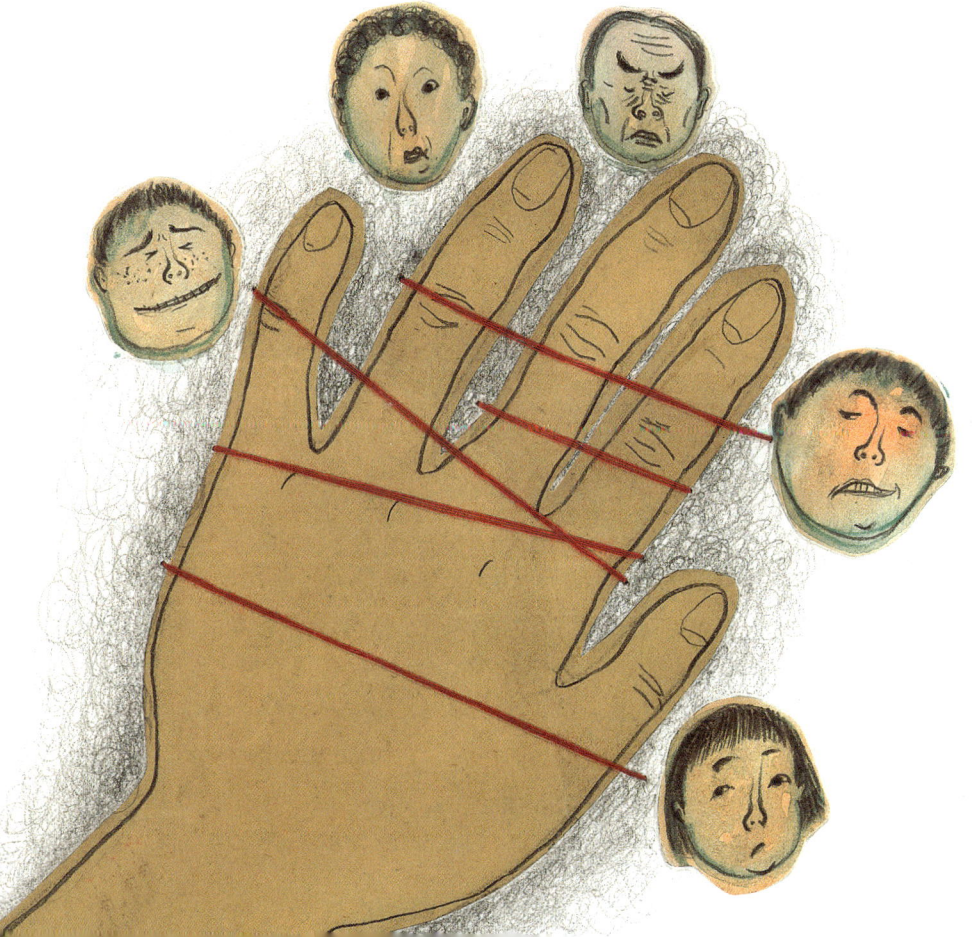

있는 바지 지퍼만 해도 오른손잡이가 올리기에 편하게 되어 있지요. 돌려서 여는 문의 손잡이도 그렇고요. 옆에 있는 것은 '편수 냄비', 즉 손잡이가 하나 달린 냄비 가운데 한 종류예요. 국물 같은 것을 따르기 쉽게 홈이 나 있는 것이죠. 이 냄비를 왼손잡이가 쓴다면 어떨까요? 아주 불편하겠죠?

왼손잡이를 바라보는 시선이 예전에 비해 훨씬 나아지긴 했어요. 요즘은 왼손잡이를 잘못된 것으로 생각하지는 않으니까요. 그런데 아직도 왼손잡이가 생활에서 불편을 겪는 경우가 많아요. 단지 왼손잡이보다 오른손잡이가 많다는 이유로요. 죄를 지은 것도 아닌데, 왼손잡이가 뭐 어때서요?

허 생원과 동이는 어떻게 화해를 했나요?

걱정두 팔자요 하는 듯이 빤히 쳐다보는 상기된 눈망울에 부딪칠 때, 결김에 따귀를 하나 갈겨 주지 않고는 배길 수 없었다. 동이도 화를 쓰고 팩하게 일어서기는 하였으나, 허 생원은 조금도 동색하는 법 없이 마음먹은 대로는 다 지껄였다.
"어디서 주서 먹은 선머슴인지는 모르겠으나, 네게도 애비 에미 있겠지. 그 사나운 꼴 보문 맘 좋겠다. 장사란 탐탁하게 해야 되지, 계집이 다 무어야. 나가거라, 냉큼 꼴 치워."

〈메밀꽃 필 무렵〉에서 실제로 일어난 가장 큰 사건은 허 생원과 동이의 싸움과 화해입니다. 허 생원이 성 서방네 처녀를 만난 일이나 동이와 동이 어머니의 사연은 모두 대화 속에 나오는 옛날이야기지요.

허 생원이 동이와 싸운 까닭은 충줏집에 대한 질투심 때문이었어요. 충줏집과 술을 먹고 있는 동이를 보고 허 생원은 화가 머리끝까지 났어요. 왜냐하면 허 생원도 남몰래 충줏집을 좋아하고 있었기 때문이지요. 자기는 부끄러워서 고백도 못하고 있었는데, 동이는 대놓고 충줏집을 끼고 앉아 술을 마시고 있으니 허 생원이 얼마나 자존심 상하고 화가 났겠어요.

그래서 허 생원은 홧김에 동이 따귀를 때려요. 동이는 허 생원에게 말대꾸를 하는 대신 그 자리를 박차고 나가 버리죠. 그렇다면 허 생원과 동이가 어떻게 화해를 했는지 한번 알아볼까요?

동이는 허 생원의 나귀가 괴롭힘을 당하고 있다고 허 생원에게 알려 줘요. 동이가 계속 화가 나 있었다면 나귀 이야기를 허 생원에게 해 주지 않았겠지요. 동이의 마음이 조금 풀어져 있음을 알 수 있어요.

허 생원은 달밤의 분위기에 이끌려 자신의 젊은 시절 이야기를 동이에게 들려줘요. 그러면서 허 생원은 이런 생각이 들었을 겁니다.

'나도 젊었을 때 분위기에 이끌려 젊은 여자와 하룻밤을 보냈잖아. 우리 나귀도 김 첨지네 암나귀를 보고 달려가고 싶어서 날뛰었지. 남자가 여자를 좋아하는 게 뭐 그리 큰 잘못이라고 내가 화를 냈을까? 동이가 충줏집이랑 어울리는 것도 당연한 일이지 뭐.'

그래서 이야기를 마친 허 생원은 동이에게 정식으로 사과를 하고 화해를 청합니다.

> "총각두 젊겠다, 지금이 한창 시절이럇다. 충줏집에서는 그만 실수를 해서 그 꼴이 되었으나 섭게 생각 말게."

동이는 허 생원의 사과를 받아 주었을까요? 당연히 그랬겠죠. 나중에 동이가 물에 빠진 허 생원을 업어 주잖아요. 그래서 둘 사이는 비 온 뒤에 땅이 굳듯이 서로 믿고 의지하는 사이가 되었어요. 그리고 다음 장날에 제천까지 동행하기로 합니다.

조 선달의 역할은 무엇인가요?

"달밤이었으나 어떻게 해서 그렇게 됐는지 지금 생각해두 도무지 알 수 없어."

허 생원은 오늘 밤도 또 그 이야기를 끄집어내려는 것이다. 조 선달은 친구가 된 이래 귀에 못이 박히도록 들어 왔다. 그렇다고 싫증을 낼 수도 없었으나, 허 생원은 시치미를 떼고 되풀이할 대로는 되풀이하고야 말았다.

이 소설의 중심 인물은 허 생원과 동이예요. 중심 사건도 허 생원이 들려주는 추억담과 뒤늦게 밝혀지는 동이의 과거지요. 조 선달은 참 비중이 없는 인물이에요. 그렇지만 조 선달은 이 소설에서 중요한 구실을 합니다.

조 선달은 바로 이야기를 '들어 주는' 구실을 해요. 허 생원은 자신의 과거 이야기를 조 선달에게 들려주고 있는 것 같지만, 사실은 독자에게 들려주고 있는 거예요. 허 생원이 조 선달에게 자기 이야기를 하기 때문에 독자인 우리가 허 생원의 과거 이야기를 들을 수 있게 되는 것이죠.

조 선달이 없다면 우리는 허 생원과 어색하게 만나야 할 겁니다. 소설의 다음 부분을 보세요.

> 장판은 잔치 뒷마당같이 어수선하게 벌어지고, 술집에는 싸움이 터져 있었다. 주정꾼 욕지거리에 섞여 계집의 앙칼진 목소리가 찢어졌다. 장날 저녁은 정해 놓고 계집의 고함 소리로 시작되는 것이다.
> "생원, 시침을 떼두 다 아네. …… 충줏집 말야."
> 계집 목소리로 문득 생각난 듯이 조 선달은 비죽이 웃는다.
> "화중지병이지. 연소패들을 적수로 하구야 대거리가 돼야 말이지."

이 부분에서는 조 선달이 먼저 말을 꺼내니까 허 생원도 '화중지병이지.' 하면서 속마음을 드러냅니다. 만약 조 선달이 없다면 작가는 아래처럼 써야 할 겁니다.

> 장판은 잔치 뒷마당같이 어수선하게 벌어지고, 술집에는 싸움이 터져 있었다. 주정꾼 욕지거리에 섞여 계집의 앙칼진 목소리가 찢어졌다. 장날 저녁은 정해 놓고 계집의 고함 소리로 시작되는 것이다.
> 그 소리를 듣고 허 생원은 생각했다.
> '아, 충줏집은 정말 매력적이야. 내 여자로 만들고 싶다. 그러나 화중지병이지. 연소패들을 적수로 하구야 대거리가 안 되니. 나 원 참.'

어느 쪽이 더 자연스러운가요?

깊게 읽기 91

밤에 산길을 걷는 장면도 마찬가지예요. 그림으로 표현해 볼게요. 다음 그림이 조 선달이 있을 때입니다. 우리는 자연스럽게 허 생원의 이야기를 들을 수 있어요.

만약, 조 선달이 없다면 어떻게 될까요? 아래 그림처럼 허 생원 혼자서 회상하면서 밤길을 가고, 독자인 우리는 허 생원의 마음속을 직접 들여다보아야 할 겁니다.

그런데 실제로 우리는 다른 사람의 마음속을 들여다볼 수 없기 때문에, 이런 방식으로 쓰면 독자가 실감나게 느끼지 못할 수 있어요.

아니면 오른쪽과 같은 식이 되겠죠. 길 가던 허 생원이 갑자기 독자의 눈을 쳐다보면서 자기의 추억을 들려주는 방식 말이에요.

이런 방식은 더욱더 독자를 당황하게 만들어요. 인터뷰하는 사람처럼 자기 이야기를 너무 직접적으로 하게 되면 소설을 읽는 재미가 떨어지거든요.

조 선달처럼 작품 속에서 주인공이 하는 이야기를 들어 주는 구실을 하는 인물은 다른 소설 작품에도 자주 나와요. 현진건의 〈운수 좋은 날〉에 나오는 '치삼이'는 김 첨지의 친구예요. 우리는 치삼이와 김 첨지의 대화를 들으면서 김 첨지의 속마음을 잘 알게 되고, 김 첨지의 처지에 더욱 공감할 수 있게 됩니다. 치삼이가 김 첨지의 이야기를 들어 주는 구실을 하지 않았다면 우리는 김 첨지의 속마음을 잘 알기 어려웠을 거예요.

다른 소설 작품을 읽으면서, 또 누가 조 선달과 같은 구실을 하고 있는지 발견하는 재미를 느껴 보세요.

동이의 어린 시절은 어땠을까요?

소설에는 동이의 어린 시절이 나오지 않아요. 그래서 동이가 한 말을 통해 짐작할 수밖에 없어요.

만약 동이가 어린 시절에 일기를 썼다면 어떤 내용이었을까요?

1929년 7월 21일 맑음 (내 나이 아홉 살)
앞집 개똥이와 싸웠다. 아빠가 없다고 나를 놀렸다. 싸우고 집에 오니 엄마가 야단을 쳤다. 야단치다가 엄마도 울었다. 나도 울었다. 다시는 싸움을 하지 않겠다고 엄마하고 약속했다.

1933년 8월 25일 맑음 (내 나이 열세 살)
오늘도 개똥이와 싸웠다. 엄마가 친구들과 싸우지 말라고 해서 그동안 참았다. 하지만 오늘은 도저히 참을 수가 없었다. 나더러 팔삭동이라서 동이라며 놀렸다. 나도 "너는 개가 똥을 먹다 나와서 개똥이냐?" 하고 맞받아쳤다. 막 싸우는데 개똥이 엄마가 왔다. 아버지 없이 자라서 버릇이 없다고 나만 야단쳤다. 참으려고 해도 눈물이 막 나왔다. 울면서 집에 왔다. 또 싸웠다고 엄마한테 혼났다. 개똥이 엄마가 나한테 한 얘기를 다 해 주었다. 엄마가 어디론가 나갔다. 한참이 지난 뒤 엄마가 얼굴이 빨개져서 들어왔다. 그러더니 나를 끌어안고 막 울었다. 다른 친구는 다 아빠가 있는데 나만 왜 아빠가 없을까? 아빠가 누군지 엄마한테 물어보면 엄마는 울기만 한다.

1934년 5월 2일 흐림 (내 나이 열네 살)

나한테도 아빠가 생겼다. 지난 3월의 일이다. 엄마가 어떤 아저씨를 데려오더니 그 아저씨가 내 아빠라고 했다. 신이 나서 개똥이한테 나도 아빠가 생겼다고, 아빠 없다고 또 놀리면 가만두지 않겠다고 했다. 새 아빠는 키도 크고 덩치도 크고 싸움도 잘하게 생겼다. 개똥이도 우리 새아빠가 무서운지 가만히 있었다. 진짜 아빠였으면 좋겠다. 새아빠와 엄마는 새로 장사를 시작했다. 우리 집에서 밥도 팔고 술도 판다. 어릴 때는 많이 굶었는데, 이제는 매일 밥을 먹을 수 있다. 굶지 않아서 좋다.

1937년 11월 16일 비가 옴 (내 나이 열일곱 살)

또 시작이다. 의부가 또 행패를 부렸다. 의부라고 있는 것이 망나니다. 처음 어머니와 같이 살 때는 좋아 보였는데 이제 보니 완전 속았다. 어머니가 열심히 술장사를 해서 모은 돈을 내놓으라고 했다. 이제는 어머니한테 손찌검까지 한다. 나는 옆에서 말리다가 맞았다. 옆집 개똥이 어머니 말로는, 원래 나쁜 사람이었는데 우리 어머니가 속아서 같이 사는 거라고 했다. 의부를 쫓아내고 싶다.

1938년 12월 24일 몹시 추움 (내 나이 열여덟 살)

더 이상 참을 수 없어서 의부에게 대들었다. 그러니까 험상궂은 기세로 나와 어머니를 죽이겠다고 했다. 무섭기도 하고 겁이 났다. 이대로 있다가는 둘 다 죽을 것 같다. 어머니와 함께 도망치는 수밖에 없을 것 같다. 오늘 나는 집을 나갈 거다. 장돌림을 해서라도 돈을 벌어 어머니를 편히 모셔야겠다. 불쌍한 어머니. 내가 없으면 더 힘드실 건데……. 하지만 이 길 말고는 없다. 어머니, 제가 모시러 올 때까지 부디 잘 지내셔야 해요.

동이는 허 생원의 아들인가요?

얼금뱅이요 왼손잡이인 드팀전의 허 생원은 기어코 동업의 조 선달에게 낚구어 보았다.

나귀가 걷기 시작하였을 때, 동이의 채쭉은 왼손에 있었다. 오랫동안 아둑시니같이 눈이 어둡던 허 생원도 요번만은 동이의 왼손잡이가 눈에 띄지 않을 수 없었다.

선생님 〈메밀꽃 필 무렵〉에 나오는 인물 가운데 가장 중요한 인물은 허 생원이라 할 수 있어요. 모두 허 생원을 중심으로 관계를 맺고 있기 때문이에요. 조 선달도 그렇고 충줏집도 마찬가지죠. 그런데 동이는 어떤가요?
민수 음……. 동이는 허 생원 아들이 아닌가요?
지원 전 그렇게 생각하지 않아요. 그냥 같이 장을 도는 장돌림일 뿐인 것 같은데요.
선생님 왜 그렇게들 생각하는지 궁금하군요. 그렇다면 '허 생원과 동이는 어떤 사이일까'에 대해 의견을 나눠 보도록 해요.
민수 소설을 읽다 보면 동이가 하는 말들은 이상하게도 허 생원이

하는 이야기의 빈 곳에 쏙쏙 들어가는 것 같아요. 마치 퍼즐처럼요. 봉평에 살던 성 서방네 처녀가 도망간 곳이 제천이라고 했어요. 동이는 제천에서 아버지 없이 태어났고요. 동이 어머니의 친정은 봉평이라고 했잖아요. 그러니까 동이는 허 생원의 아들이 맞아요.

지원 그렇다고 꼭 허 생원이 동이의 아버지라고 말할 수 있나요? 그건 정말 우연의 일치일지도 모르잖아요. 봉평이 친정이면서 제천으로 시집온 여자가 어디 동이 어머니 하나뿐이었겠어요? 그리고 허 생원은 동이의 존재도 몰랐잖아요.

민수 허 생원은 그 밤 이후 성 처녀와 소식이 끊어졌어요. 그러니 허 생원이 동이의 존재를 모르는 건 당연해요. 허 생원과 동이는 모두 '왼손잡이'예요. 그러면 이들의 '왼손잡이'는 어떻게 설명할 수 있나요? 허 생원 눈에 동이의 '왼손잡이'가 쏙 들어왔잖아요. 그건 '왼손잡이'가 흔하지 않기 때문이겠죠. 게다가 자신의 이야기와 짝이 맞는 사연을 가진 '왼손잡이'라……. 뭔가 느낌이 오지 않나요?

지원 그런데 '왼손잡이'가 정말 유전이 되나요? 언젠가 '왼손잡이'는 유전이 아니라는 이야기를 들은 것 같아요.

민수 예전에 '왼손잡이'가 유전이 아니라는 말이 있긴 했어요. 하지만 최근 왼손잡이를 만드는 유전자가 발견되었다는 신문 기사를 읽은 적이 있어요. 그렇다면 '왼손잡이'는 유전이라고 할 수 있는 거겠죠?

지원   하지만 이 작품이 창작된 시기만 해도 '왼손잡이'가 유전이라는 과학적 근거는 없었잖아요.

민수   과학적 근거가 없어도 사람들은 '아버지가 왼손잡이니까 자식도 왼손잡이지.'라고 생각했을 것 같아요.

선생님   일반적으로 사람을 찾는 이야기에는 서로를 알아볼 수 있게 해 주는 물건 같은 게 등장해요. 이런 것을 '증표'라고 하지요. 그런데 허 생원과 동이에게는 그런 물건이 없었어요. 그래서 우리가 '허 생원과 동이의 관계'에 대해 쉽게 판단할 수 없는 것이겠지요. 그런데 가만 보면 허 생원이 동이를 알아본 것도 같아요. 그렇다면 허 생원은 어떻게 동이가 자신의 아들이라고 생각할 수 있었을까요? 인간이 가지고 있는 직감일까요? 아니면 또 다른 무언가가 있는 것일까요?

물론 이 소설에서 '동이가 허 생원의 아들'이라고 직접적으로 이야기해 주는 부분은 없어요. 하지만 독자들은 허 생원과 동이의 이야기를 들으며 무언가를 찾아낸답니다. 그것은 바로 민수가 이야기했듯이 동이의 이야기와 허 생원의 이야기가 퍼즐처럼 맞아 들어간다는 거예요. 흔히 '우연이 반복되면 필연이다.'라는 이야기를 하곤 하지요. 그래서일까요? 허 생원은 동이의 어머니가 성 처녀일지도 모른다고 생각해요. 그 생각을 하다가 다리를 헛디뎌 개울에 빠지기도 했지요. 동이의 왼손잡이도 유독 눈에 확 들어왔을 거구요.

왼손잡이에 대해 여러분이 많은 이야기를 나눴는데요, 왼손잡이가 유전이 된다 안 된다가 중요한 것이 아니라 당시 사람들이 '자식이 왼손잡이면 부모 중 누군가가 왼손잡이일 것'이라고 생각하면 과학적 근거와 상관없이 증표와 같은 역할을 할 수도 있어요.

독자들도 하나 더 생각해 볼 수 있지요. 허 생원은 조 선달에게 변명하듯 나귀 새끼 이야기를 해요. 나귀는 허 생원에게 어떤 존재였나요? 자신의 분신과도 같았지요. 허 생원과 나귀는 여러모로 공통점이 많아요. 그런데 유일하게 다른 점이 무엇이었나요? 나귀는 새끼가 있었지만, 허 생원에게는 자식이 없다는 것이었어요. 이것은 무엇을 의미할까요? 어쩌면 허 생원에게도 자식이 있을지 모른다는 생각, 그런 생각을 할 수 있지 않을까요?

이제 허 생원은 동이와 함께 제천으로 가려고 해요. '허 생원이 제천에 도착하면, 달밤의 추억으로만 남아 있던 첫사랑을 만나게 될지도 모른다'는 독자들의 기대와 함께요.

이 이야기는 진짜 있었던 일인가요?

허 생원과 동이 이야기는 진짜 있었던 일은 아니에요. 그런데 이효석의 고향 사람인 황일부 씨는, 소설 속 '충줏집'과 '허 생원'의 실제 모델이 있었다고 말합니다. 그렇다면 〈메밀꽃 필 무렵〉은 진짜 있었던 이야기는 아니지만, 실제 인물을 바탕으로 상상력을 더해서 쓴 소설이네요. 실제 모델에 대한 이야기는 다음과 같습니다.

먼저 이효석이 어릴 때, 장터에 한 노인이 있었습니다. 이효석이 스무 살 정도 될 때까지도 봉평 장터로 물건을 팔러 오던 그 영감은 약간 얼금뱅이긴 하나 남자답게 생겼습니다. 고향은 청주라고도 하고 용인이라는 사람들도 있었으나 확실치는 않았고, 성이 허씨라고도 하나 이 역시 확실치는 않았습니다. 이 사람이 아마 '허 생원'의 모델이 되었을 겁니다.

다음으로, 봉평 장터에는 '충줏집'이라고 부르던 주막이 있었습니다. 장돌림에게 술도 팔고 음식도 팔면서 잠도 재워 주는, 방 두 개에 부엌 하나 딸린 작은 집이었지요. 이 집 여주인은 송씨로 얼굴도 예쁜 편이었고 마음씨도 고왔습니다. 장터로 물건 팔러 오던 허 노인과 충줏집은 서로 정이 통한 사이로 보였습니다. 이 충줏집이 '충줏집'의 모델이 되었겠지요?

한편, 허 생원의 모델이 된 곰보 영감과 한패인 장돌림 가운데 기골이 좋은 조봉근이라는 사람이 있었습니다. 이 사람이 '조 선달'의 모델인 듯합니다. 그런데 조 선달의 모델이 조봉근이 아니라 봉평 토박이 조원중이라고 하는 사람도 있습니다. 조원중 씨는 충줏집에 붙어살다시피 하였으나 장돌림은 아니었습니다. 어느 말이 맞는지 알 수는 없지만, 허 생원이 조 선달과 동업이었다는 설정은 여기에서 나온 것 같네요.

마지막으로, 이효석이 살던 마을에 가까이 지내던 성공여라는 사람이 있었습니다. 그 집에는 스무 살쯤 된 옥분이라는 딸이 있었는데, 봉평에서 가장 예뻤다고 합니다. 어느 날 곰보 영감과 성옥분이 물레방앗간에서 몰래 만났다는 소문이 퍼졌습니다. 뒷날 형편이 어려워진 성씨네는 제천으로 이사를 갔습니다. 그리고 충줏집도 십 년 뒤 어디론가 떠나 버렸습니다. 이 성옥분이라는 처녀가 허 생원의 추억 속에서 아름답게 살아 숨 쉬는 성 서방네 처녀의 모델이겠네요.

그러나 동이를 기억하는 사람은 아무도 없습니다. 동이만은 순전히 이효석이 지어낸 인물인가 봅니다.

'곰보 영감'과 그의 짝패 '조봉근(또는 조원중)', 맘씨 좋은 주막 아

 줌마 '충줏집'과 젊고 아리따운 '성옥분'은 어린 이효석의 눈에 어떻게 비쳤을까요? 소설 속 이야기가 우리 주위에서 볼 수 있는 실제 인물들의 삶이라고 생각하면서 다시 한 번 〈메밀꽃 필 무렵〉을 읽어 보면 어떨까요? 소설의 바탕이 되는 뒷이야기를 알고 읽으면 색다른 재미가 느껴질 겁니다.

넓게 읽기

작품 밖 세상 들여다보기

시대

작가

작품

독자

작가 이야기
이효석의 생애와 작품 연보, 작가 더 알아보기

시대 이야기
1930년대, 광고로 보는 세상

엮어 읽기
가족, 사랑, 그리고 길

독자 이야기
등장인물이 되어 일기 쓰기

작가 이야기

이효석의 생애와 작품 연보

1907(2월 23일)   강원도 평창군에서 1남 3녀 중 외아들로 태어남.

1914(8세)   봉평에서 100리 떨어진 평창공립보통학교(지금의 평창초등학교)에 입학함.

1920(14세)   평창공립보통학교를 졸업하고, 경성제일고등보통학교(지금의 경기고등학교)에 입학하게 되어 혼자 서울로 떠남.

1925(19세)   경성제일고등보통학교를 우등 졸업하고, 경성제국대학(지금의 서울대학교) 예과에 입학함.

1926(20세)   콩트 〈달의 파란 웃음〉과 시 〈겨울시장〉, 〈야시(夜市)〉 등을 발표함.

1927(21세)   대학 예과 수료 후 법문학부 영어영문학과로 진학함.
시 〈6월의 아침〉, 〈님이여 어디로〉 등과 단편 〈주리면―어떤 생활의 단편〉, 번역 소설 〈밀항자〉를 발표함.

1928(22세)   단편 〈도시와 유령〉을 《조선지광》에 발표하면서 문단의 주목을 받기 시작함.

1929(23세)   단편 〈기우〉, 〈행진곡〉 등과 시나리오 〈화륜(火輪)〉을 발표함.

1930(24세)   경성제국대학 영어영문학과를 졸업함.
단편 〈깨뜨려지는 홍등〉, 〈약령기〉, 〈마작철학〉 등을 발표함.

1931(25세)   여섯 살 아래인 함경북도 출신 이경원과 결혼함.
총독부 경무국 검열계에 취직하였으나 개인적 회의와 주위의 질책으로 한 달 만에 직장을 그만둠.
단편 〈노령근해〉, 〈북국 통신〉 등과 시나리오 〈출범 시대〉를 발표하고, 첫 창작집 《노령근해》를 출간함.

1932(26세) 경성농업학교 영어 교사로 부임함.
단편 〈북국 점경〉, 〈오리온과 능금〉 등을 발표함.

1933(27세) 단편 〈돈(豚)〉을 발표함.
김기림, 유치진, 정지용 등과 함께 '구인회'를 만듦.

1936(30세) 평양숭실전문학교 교수로 부임함.
단편 〈인간 산문〉, 〈분녀〉, 〈산〉, 〈들〉, 〈메밀꽃 필 무렵〉을 발표함.

1937(31세) 자신의 문학관을 밝힌 평론 〈현대 단편소설의 상모〉를 발표함.
단편 〈개살구〉, 〈낙엽기〉, 〈삽화〉 등을 발표함.

1938(32세) 숭실전문학교 폐교로 교수직에서 퇴임함.
단편 〈장미 병들다〉, 〈해바라기〉와 장편 〈거리의 목가〉, 〈막〉을 발표함.

1939(33세) 숭실전문학교 대신 만들어진 대동공업전문학교 교수로 취임함.
단편 〈향수〉, 〈산정〉 등과 희곡 〈역사〉 등을 발표하고, 단편집 《해바라기》, 작품집 《성화》, 장편소설 《화분》을 출간함.

1940(34세) 부인과 차남의 죽음으로 실의에 빠져 몹시 쇠약해짐.
장편 〈창공〉을 연재하고, 단편 〈은은한 빛〉, 〈하르빈〉을 발표함.

1941(35세) 단편 〈산협〉, 〈라오코왼의 후예〉, 〈엉겅퀴의 장〉을 발표하고, 단편집 《이효석 단편선》과 장편소설 《벽공무한》을 출간함.

1942(36세) 단편 〈일요일〉과 〈풀잎〉, 수필 〈독서〉 등을 발표함.
결핵성 뇌막염으로 입원한 지 열흘 만에 절망 상태에 빠져 자택으로 돌아와 이틀 뒤인 5월 25일에 숨을 거둠.

작가 더 알아보기

유년기와 청년기

이효석이 태어난 곳은 강원도 평창군 봉평면에 있는 산골 마을이에요. 그곳에서 산촌의 자연을 뼈마디에 새기며 자라났지요.

여덟 살 때 봉평에서 100리나 떨어진 평창공립보통학교에 입학했어요. 그는 6년 동안이나 이 먼 길을 왕래하면서 자연을 배울 수 있었어요. 계절에 따라 달라지는 분위기와 변화해 가는 자연의 모습을 맛보게 된 것이지요. 그러면서 유년 시절을 보냈어요. 후에 그의 작품 속에 나오는 자연의 숨소리가 싱그러운 것은 이 시절에 체험하고 몸에 밴 것들이 풀어져 나왔기 때문일 것입니다.

평창공립보통학교를 졸업하고 나서 이효석은 경성제일고등보통학교에 입학했어요. 여기서 소설가이자 법학자인 유진오를 만나게 돼요. 두 사람은 깊은 우정을 맺어 나갑니다. 그리고 둘 다 문학 쪽에 관심이 있어 이효석은 산문을, 유진오는 시를 창작하면서 서로 평을 주고받기도 하고, 서구 문학을 섭렵하기도 하고, 지은 작품을 투고하기도 했습니다.

사회생활과 작품 활동

경성제일고등보통학교 때 스승에게 취직자리를 부탁하여 총독부 경무국 검열계에 들어갔어요. 그곳은 발표된 소설이나 시에 일본을 비판하는 내용이 있는지 없는지 검사하는 곳이었는데, 이곳에서 일을 하게 되자 주위 사람들이 이효석을 '변절자, 친일파, 앞잡이'라고 비난을 했답니다. 어느 날은 광화문 통으로 내려오는데 한 청년이 이효석을 보고 "너도 개가 다 됐구나."라고 하며 주먹으로 한 대 칠 듯이 달려들었어요. 신경이 약해져 있던 이효석은 그 자리에서 졸도하고 나서 수송동 하숙집에서 겨우 의식을 회복했지요.

그러고 나서는 그 일을 그만두고 경성농업학교에서 일하게 되었어요. 이때 작품 창작에 대한 집념이 대단해 신문, 문예지, 월간지 등에 많은 작품을 발표했습니다. 그러다 1936년에 평양의 숭실전문학교로 직장을 옮기게 돼요. 이곳에서도 역시 소설, 수필, 서간 논평, 번역 등 다양한 창작 활동을 벌였답니다. 그의 작품 가운데 대부분은 경성농업학교와 숭실전문학교에 재직하는 동안 쓰인 것이라 해도 틀린 말은 아닐 거예요.

서구적 일상

이효석은 서양 음식을 좋아했어요. '제대로 된 버터'를 얻어 지하실에 저장하기도 하고, 아침마다 우유를 먹었지요. 밖에 나갈 때는 '밀감으로 만든 잼'과 '야채 스프'를 준비해 갈 정도였어요.

또 그는 커피를 즐겼고, '사람이 사람다우려면 당연히 꽃을 사랑해야 한다'고 생각해 정원에 갖가지 꽃을 키웠다고 해요. 그가 가장 좋아했던 꽃은 장미라고 하네요.

이효석이 평양에서 살던 집은 넓은 정원, 목욕탕과 지하실, 피아노가 놓인 거실, 침대가 놓인 침실 등이 있는 마치 산장 같은 집이었어요. 서가에는 항상 꽃이 꽂혀 있었고, 거실에 피아노와 축음기가 있었으며, 쇼팽의 초상화와 여배우 사진이 벽에 걸려 있었어요.

그리고 이효석은 영화 보는 것을 즐겼어요. 한 달에 7~8회 정도는 영화를 볼 정도였지요. 그가 인상 깊게 본 영화는 〈가을의 여성〉, 〈안나카레니나〉, 〈악성 베토벤〉, 〈망향〉 등 예술성을 중시한 영화였다고 합니다.
이효석은 여행도 많이 다녔어요. 국내 여행지로 금강산과 관동팔경, 주을 온천 등 주로 관북 지방과 동해안을 선호했으며, 프랑스를 비롯한 서구 유럽을 여행하고 싶은 꿈을 가지고 있었다고 합니다.

온화하고 다재다능했던 탐미주의자

이효석은 키가 별로 크지 않고 체격도 호리호리한 편이었으며, 옷차림이 늘 깔끔했어요. 그는 자신의 성격이 다면적이라 생각했지만, 온화한 말로 사람을 대했으며 의지가 굳고 개성이 강한 품성을 지니고 있었어요. 또 이효석은 평창공립보통학교를 1등으로 졸업하고 경성제일고등보통학교를 무시험으로 입학했으며, 고교 재학 때 성적이 우수하여 졸업식에서 우등상을 받기도 했어요. 그리고 문학적 능력뿐 아니라 음악적 능력도 탁월하였고 운동에도 재능과 소질을 보였답니다.
그는 나날의 생활과 예술을 세상에서 가장 아끼고 사랑했으며, 인간 중 시인이 가장 가치 있는 인간이라 생각했고, 죽어서 다시 태어난다면 다시 현재의 자신으로 태어나고 싶다고 말할 정도로 문학과 예술이 삶의 전부인 작가였습니다.

왕수복과의 사랑

1940년 이효석의 부인인 이경원 씨가 죽은 다음, 평양 '방가로' 다방의 마담이자 당대 최고의 가수인 왕수복이 이효석을 돌보았어요. 당시 이효석과 왕수복이 연인 관계라는 것은 이효석이 교수로 재직하고 있던 대동공업전문학교 학생들이라면 누구나 아는 사실이었지요. 한번은 이효석의 제자들이 왕수복을 찾아가 이효석과 절교해 줄 것을 강력하게 요구하기도 했답니다.

"우리 교수님을 사랑하지 마세요."
"왜요, 사랑하면 안 되나요?"
"선생님은 폐가 약하시기 때문에 사랑하면 안 됩니다."
"학생들 참 좋으시다. 교수님의 건강까지 근심하다니. 하지만 교수님은 여자가 사랑해야 더 건강해지세요. 학생들, 무슨 차를 드릴까요. 커피 어때요?"

학생들은 처음 맛보는 커피를 마시고 나오면서, "죽어도 좋으니 저런 여자와 사랑을 해 봤으면." 하고 말했다고 해요.
이효석과 왕수복의 사랑 이야기는 이효석의 소설 〈풀잎〉에도 드러나 있답니다.

시대 이야기 # 1930년대, 광고로 보는 세상

고단하게 사는 조선의 농꾼들은 들으시오

일본 제국주의는 1920년에 쌀 생산량 1270만 석의 20퍼센트인 290만 석을 일본으로 빼돌리더니 1932년에는 1590만 석의 생산량 중에 50퍼센트인 760만 석을 일본으로 빼돌렸소. 그러니 조선의 농꾼들은 참으로 고단하오. 뿐만 아니라 지주 놈과 마름 놈은 나머지 곡식을 빼앗지 못해 안달이오. 그러니 조선의 농꾼들은 간도로 오시오. 먼저 온 농꾼들이 시험한 즉, 곡식을 뿌리면 저절로 싹이 나고 이틀을 농사지으면 하루를 쉴 수 있는 참으로 넓은 땅이 있고 마름 놈도 지주 놈도 일제 놈도 없으니 조선의 농꾼들은 지금 바로 오시오. 1927년에 56만 명이 간도로 왔고, 1936년에는 89만 명이 간도로 왔소. 간도가 아무리 넓은 땅이나 조선 농꾼들이 이렇게 많이 오니 곧 땅이 없어질 것이오. 아직 땅이 남아 있을 때 철도를 타고 간도로 오시면 곧 부귀영화를 누릴 수 있을 것이니, 이 광고를 보는 농꾼들은 간도이민주식회사를 찾으시오. 우리 주식회사는 단돈 50원에 간도로 동포들을 모시오니, 집의 패물을 팔아서라도 우리 주식회사로 오시오.

올해 보통학교를 졸업하는 문제 고함
이봄부터 자택에서 중학의 학력을 얻으십시오

1935년 말 문부성의 조사에 의하면, 큰 은행과 증권사의 과장급 870명 가운데, 독학으로 중학 졸업 이상의 학력을 얻은 사람이 458명이나 된다고 합니다. 귀중한 시간과 노력을 절약하는 데는 믿을 수 있는 강의록으로 공부하는 것이 제일입니다. 전국의 청소년 여러분! 가정의 사정으로 중학에 못 가는 것을 슬퍼할 필요가 없습니다. '국민 중학 강의록'에 의하여 자택에서 스스로 익히면, 불과 1년 만에 중학 전 과목을 완전히 습득할 수가 있습니다. 매월 강의록과 잡지, 게다가 훌륭한 부록이 12권이나 옵니다.

역사신문 1900년 0월 0일

아기를 귀엽게 낳습니다

나는 월경 불순과 대하증으로 결혼 후 9년 동안 괴로워하던 중 천만 가지 약을 다 써 보았으나 조금도 차도가 없어서 비관을 하고 있었습니다. 그러던 중 신문 광고에 '명지모(命之母)'가 자궁병에 유효하다는 기사를 보고 마지막으로 한번 주문하여 복용했더니, 얼굴에 화색이 돌고 원기가 나며 허리와 배 아픔이 나았으며, 대하증이 차차 줄고 월경이 고르게 나오더니 2~3개월 후에 임신을 하게 되었습니다. 그리고 화목하지 않던 가정도 평화롭게 되었습니다. 이에 나는 '명지모'가 자궁병에 절대적으로 유효함을 믿고 세상에 전하는 중이올시다.

조선 발성영화 〈심청〉 완성

조선발성영화주식회사는 파라마운트 영화 배급소인 기신양행에 영화 제작부를 새로 만들어 첫 번째 작품으로 조선의 고전문학 〈심청전〉을 개작하여 발성영화 〈심청〉을 제작하였다. 안석영 씨가 감독하고 이명우 씨가 촬영한 〈심청〉은 이번 달 20일 경에 시내 영화관에서 개봉할 예정이다. 이 영화는 조선 여류 명창들의 소리 반주가 더해지기도 하였다. 촬영, 녹음 등에서 조선 영화로서 독특한 경지를 개척하여 일반의 기대가 클 작품이라 한다.

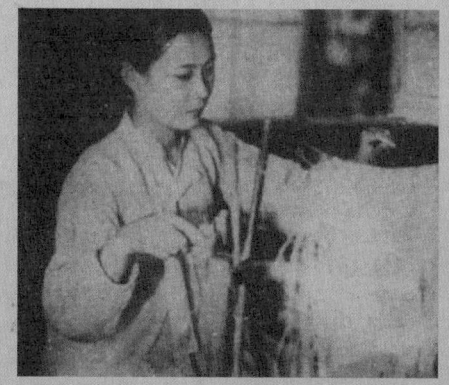

시대 이야기 # 1930년대, 광고로 보는 세상

○○자전거

자전거는 튼튼하여 오랫동안 사용할 수 있어야 하고, 경쾌하여 먼 거리를 달려도 피로하지 않아야 합니다. 우리 ○○자전거는 이것을 이상으로 삼습니다. ○○자전거는 회전부에 특허권을 가진 특수 장치를 달아 오랫동안 경쾌하게 달릴 수 있도록 하였습니다.

이것 이상의 비누는 없다

화왕(花王)비누는 세계 최고인 99.4퍼센트의 순수도를 자랑하는 비누인 만큼 어떠한 약한 피부일지라도 터지게 하는 법이 없고 부드럽게 작용하여 깨끗이 때를 씻어 내는 동시에 살결을 아름답고 부드럽게 합니다.
아무리 크다 할지라도 죽같이 풀어지고 부서지는 비누는 피부에 대단히 해롭고 경제적이지도 못합니다. 화왕비누는 독특한 제작 방법으로 만든 것이라 풀어지거나 부서지는 법이 없고, 최후에 얇아진 조각까지라도 완전히 사용할 수 있습니다. 그러니 어떤 비누보다도 경제적입니다.
항상 피부 위생과 가정 경제에 유의하시는 근대 여인 여러분께서는 모두 화왕비누를 사용하십니다!

역사신문 1900년 0월 0일

젖 먹고 오줌 싸는 귀여운 인형들

1933년에 처음으로 만들기 시작하여 6년 만에 겨우 완성이 되어 대단한 인기를 끌고 있는 인형이 있습니다. 미국 사람이 고안한 것으로, 젖을 먹이면 오줌을 싸는 인형입니다. 지금은 영국에서도 매우 인기가 높다고 합니다. 이 인형은 전신을 고무로 만들었는데, 머리를 단단하게 한 이외에는 감촉이 좋지 않았던 지금까지의 인형과는 달라서 상당히 실감적이고 부드럽습니다. 우유를 먹이면 15분 뒤에는 기계적으로 오줌을 싸서 기저귀를 적시는 것이 특징입니다.
어린 딸들을 실제로 교육시키는 데 유용합니다. 의복을 입히고, 식사를 시키고, 기저귀를 갈고, 목욕을 시키며, 아이 보는 법을 가르치는 동시에, 육아 위생의 지식을 가르치는 데 가장 적절한 상대가 되는 것입니다.

빈대를 없애는 약

새로운 이론, 끊임없는 연구에 의해서 완성된 빈대 구제약 '멧쥬'. 이렇게 효력이 있는 빈대 구제약이 지금까지 있었던가. 아니 꿈에도 몰랐던 일이다. 멧쥬를 살포하여 야만 빈대의 공격을 받지 않고 편하게 잠을 잘 수 있다.
"멧쥬가 있는 가정에 빈대가 있을 리 없다."
이 말은 멧쥬를 한 번 사용하여 본 부인들 말씀입니다.

엮어 읽기
가족, 사랑, 그리고 길

――――――――― 친자 확인 – 김동리의 〈역마〉(1948)

내가 모르던 부모와 자식 또는 형제와 자매를 어느 날 우연히 만난다면 과연 가족이라는 것을 알아차릴 수 있을까요? 같은 핏줄이니까 척 보면 '저 사람이 내 가족이구나!' 하고 알 수 있을까요?

이때 어떤 증거가 있다면 알아보기 쉬울 겁니다.

고구려의 동명성왕 앞에 아들이라고 주장하는 유리가 나타났습니다. 유리는 부러진 칼 조각을 가지고 왔는데, 동명성왕이 가지고 있던 칼 조각과 딱 맞았죠. 그래서 동명성왕은 유리가 자신의 아들임을 인정했습니다.

〈메밀꽃 필 무렵〉을 읽고 우리는 동이가 혹시 허 생원의 아들이 아닐까 하는 기대를 하게 됩니다. 허 생원과 동이의 과거를 이야기하며 분위기를 잡아 놓고 마지막에 동이가 왼손잡이라는 사실을 보여 줍니다. 허 생원도 왼손잡이지요.

증거를 보고 가족을 알아보는 또 다른 소설로는 김동리의 〈역마〉가 있어요. 〈역마〉에서는 '귓바퀴의 사마귀'가 증거로 나옵니다. 화개 장터에서 주막을 하는 옥화에게는 성기라는 아들이 있습니다. 성기는 체장수 영감의 딸 계연과 결혼까지 생각했습니다.

어느 날 옥화는 계연의 귓바퀴에 난 사마귀를 보고 깜짝 놀랐습니다. 옥화의 귓바퀴에도 사마귀가 있었기 때문이죠. 알고 보니 계연은 옥화의 이복동생이었습니다. 성기가 계연과 결혼한다면 이모와 결혼하는 셈이 되므로 성기는 실망하여 병에 걸리게 됩니다.

옥화와 계연 사이에 생긴 새로운 일이 있다면, 옥화가 계연의 왼쪽 귓바퀴 위에 있는 조그만 사마귀 한 개를 발견한 겁니다. 어느 날 아침, 그녀의 머리를 빗어 땋아 주고 있던 옥화는 갑자기 정신을 잃은 사람처럼 참빗 쥔 손을 부들부들 떨죠.

"어머니 왜 그리여?"
계연이 놀라 물었으나 옥화는 그녀의 두 눈만 멀거니 바라보고 있을 따름 말이 없었다.
"어머니 왜 그러시여?"
계연이 또 한 번 물었을 때, 옥화는 겨우 정신이 돌아오는 듯, 긴 한숨을 내쉬며,
"아무것도 아니다."
하고, 다시 빗질을 시작하는 것이었다.

왼손잡이나 사마귀처럼 은근하게 연관성을 암시하는 것이 소설의 특징이랍니다. 가족의 의미를 다시 한 번 생각해 보면서 〈메밀꽃 필 무렵〉과 김동리의 〈역마〉를 함께 읽어 보면 색다른 재미가 있을 겁니다.

물레방앗간 사랑 - 나도향의 〈물레방아〉(1925)

물레방앗간은 허 생원과 성 서방네 처녀가 처음이자 마지막으로 만났던 곳입니다. 으슥한 곳에 있고, 소리가 밖으로 새어 나가지 않는 곳이라 남녀가 남의 눈에 띄지 않고 만나기 좋은 곳이죠.

나도향의 〈물레방아〉에서는 남녀가 몰래 물레방앗간에서 만나는 장면을 이렇게 표현하고 있습니다.

> 영감이 간이 달아서 계집의 손을 잡으며,
> "가자, 집으로 들어가자."
> 그의 가슴은 두근거리는지 숨소리가 잦아진다. 계집은 손을 빼려고 하며,
> "점잖으신 어른이 이게 무슨 짓이에요."
> 하면서도 그의 몸짓에는 모든 것을 허락한다는 뜻이 보였다. 영감은 계집의 몸을 끌어안더니 방앗간 뒤로 돌아섰다. 계집은 영감 가슴에 안겨서 정욕이 가득 찬 눈으로 그를 보면서,
> "영감."
> 말 한 번 하고 침 한 번 삼키었다.
> "영감이 거짓말은 안 하시지요?"
> "아니."

그의 말은 떨리었다. 계집은 영감의 팔을 한 손으로 잡고 또 한 손으로는 방앗간 속을 가리켰다.

"저리로 들어가세요."

영감과 계집은 방앗간에서 이삼십 분 후에 다시 나왔다.

이 장면에서 영감은 신치규라는 지주이고, 계집은 가난한 머슴인 방원의 아내예요. 신치규는 가난한 방원을 버리고 자신의 첩이 되라며 방원의 아내를 꾀고 방원의 아내도 그에 응하죠. 이 사실을 안 방원은 신치규를 돌로 내리치고, 경찰에 붙잡혀 감옥에 갑니다. 석 달 후 방원이 감옥에서 나와 보니 그새 아내는 신치규의 첩이 되어 있습니다. 방원은 마지막으로 자기와 같이 멀리 가자고 아내를 위협하지만 거절을 당해요. 그러자 결국 아내를 칼로 찌르고 자신도 자살을 하고 맙니다.

〈물레방아〉에 등장하는 '물레방앗간'은 농촌 경제와 에로티시즘의 상징물이에요. 〈메밀꽃 필 무렵〉의 '물레방앗간'과 비슷하면서 조금 다른 분위기로 다가오네요.

여로형 소설 – 황석영의 〈삼포 가는 길〉(1973)

소설 속의 길은 흔히 '인생길'을 뜻해요. 여행길을 따라 사건의 발생과 해결이 이루어지는 소설을 '여로형 소설'이라 부르죠.

〈메밀꽃 필 무렵〉도 여로형 소설이에요. 봉평에서 대화에 이르는 칠십 리 길을 배경으로, 그 길을 가는 허 생원과 동이의 과거 이야기를 전해 주고 있으니까요. 대화장으로 가는 밤길은, 평생을 길에서 보내는 장돌뱅이들의 인생길이기도 합니다.

또 다른 여로형 소설로는 황석영의 〈삼포 가는 길〉이 있어요. 영달과 정씨가 삼포라는 곳으로 가면서 겪는 일과 인물들의 과거사가 펼쳐지죠. 작품 속의 정씨는 타향에서 힘들게 공사판 생활을 하다가 조용한 고향이 그리워 삼포를 향해 떠납니다.

그런데 어떤 노인이 삼포가 예전처럼 조용한 시골이 아니라고 말해 주죠. 삼포 역시 큰 공사판이 벌어지고 사람들이 북적이는 낯선 동네가 되어 버렸다는 말을 들은 정씨는 마음의 고향을 잃고 말았습니다.

노인은 그렇겠다며 고개를 끄덕였다.
"말두 말우. 거긴 지금 육지야. 바다에 방둑을 쌓아 놓구, 추럭이 수십 대씩 돌을 실어 나른다구."
"뭣 땜에요?"
"낸들 아나, 뭐 관광호텔을 여러 채 짓는담서 복잡하기가 말할 수 없는데."
"동네는 그대루 있을까요?"
"그대루가 뭐요. 맨 천지에 공사판 사람들에다 장까지 들어섰는걸."
"그럼 나룻배두 없어졌겠네요."

"바다 위로 신작로가 났는데, 나룻배는 뭐에 쓰오. 허허 사람이 많아지니 변고지, 사람이 많아지면 하늘을 잊는 법이거든."

작정하고 벼르다가 찾아가는 고향이었으나, 정씨에게는 풍문마저 낯설었다. 옆에서 잠자코 듣고 있던 영달이가 말했다.

"잘됐군. 우리 거기서 공사판 일이나 잡읍시다."

그때에 기차가 도착했다. 정씨는 발걸음이 내키질 않았다. 그는 마음의 정처를 잃어버렸던 때문이었다. 어느 결에 정씨는 영달이와 똑같은 입장이 되어 버렸다.

여로형 소설에서 주인공이 문제를 만나 해결해 가는 과정은 대체로 '길 찾기'에 비유됩니다. 허 생원도 마지막에는 동이에게서 어떤 느낌을 받아 제천으로 가려고 결심해요. 허 생원이 앞으로 가야 할 길을 찾은 것처럼 보이기도 하지요. 〈메밀꽃 필 무렵〉은 허 생원이 길을 찾으며 마무리되지만, 〈삼포 가는 길〉은 정씨가 갈 길을 잃어버리며 끝납니다.

두 작품에서 주인공이 어떻게 길을 찾아가는지, 찾은 길은 어떤 인생의 길을 의미하는지 생각하며 〈메밀꽃 필 무렵〉과 〈삼포 가는 길〉을 견주어 읽어 보세요.

독자 이야기

등장인물이 되어 일기 쓰기

소설을 읽고 작품을 충분히 이해하려면 여러 방면에서 독후 활동을 해 보아야 합니다. 결말 바꾸어 쓰기, 편지 쓰기, 감상문 쓰기, 독서 퍼즐 만들기, 독서 일기 쓰기, 인상적인 장면 쓰기, 뒷이야기 이어 쓰기, 감정 변화 곡선 만들기, 배경 바꾸어 써 보기, 토론해 보기 등의 활동을 하면 소설이 훨씬 더 이해가 잘 된답니다.

그 가운데 등장인물의 일기를 써 보는 방법을 소개합니다. 등장인물의 입장이 되어서 일기를 써 보면 미처 생각지 못했던 인물의 마음을 읽어 낼 수 있어요. '왜 그랬지?' 하고 의문이 들었던 부분에서 나도 모르게 '아, 그랬구나!' 하고 알게 되는 것이죠. 왜냐하면 그 인물의 입장에서 곰곰이 생각해 보기 때문이에요.

다음과 같이 등장인물의 일기를 써 봅시다. 우선 등장인물 가운데 누구의 입장에서 일기를 써 볼까를 정합니다. 그다음은 그 인물의 어떠한 사건을 중심으로 일기를 쓸까를 생각해 봅니다. 그리고 그때 그 인물은 어떤 기분이었을까를 생각하여 일기를 씁니다.

이 소설에서는 허 생원, 동이의 입장에서 일기를 써 볼 수 있습니다. 동이가 자신의 자식일지 모른다는 생각이 들었을 때 허 생원의 마음은 어땠을까, 충줏집에서 낯선 어른에게 뺨을 맞았을 때 동이의 심정은 어땠을까 등을 생각해 보세요. 등장인물이 되어 그 마음을 따라가다 보면 인물의 행동이 이해되고 소설 읽는 것이 즐거워져요.

허 생원의 일기 (학생 글)

아, 오늘은 정말 내가 감당할 수 없을 정도로 기이한 생각을 했다. 그리고 부풀어 오르는 기대와 한편으로는 두려운 감정이 이리저리 섞여서 혼란스러운 날이었다. 이건 다 '동이'라는 녀석 때문이다.

처음에 그 애를 봤을 때는 별 생각이 없었다. 근데 충줏집에서 일어난 일을 계기로 그 아이 생각밖에 나지 않았고, 후회와 미안한 감정이 나를 뒤덮었다. 그리고 동이가 나를 업고 냇가를 건널 때, 나는 동이가 왼손잡이라는 것을 알았다. 나는 그때 동이가 내 자식일지도 모른다는 생각을 했다.

뭐 왼손잡이라는 것만 가지고는 아들이라고 단정 지을 수 없지만, 그래도 아버지가 없다는 사실과 아직도 떠나간 남편을 기다리고 있다는 동이의 어머니, 그리고 고향이 봉평이라는 것. 이것들을 다 조합해서 생각해 보니, '동이가 내 아들인가?' 하는 생각과 함께 많은 생각들이 스쳐 지나갔다.

이 아이가 진짜 내 아들이라면 어떻게 해야 할까? 나를 원망하지는 않을까? 의부에게 많이 맞고 집을 나온 것 같은데, 만약 내가 곁에 있었다면 그런 일은 없었을 텐데, 온갖 생각이 다 들었다.

냇가를 건너다가 미끄러져서 물에 빠져 동이가 나를 업었을 때 정말 따뜻하다고 느꼈다. 그 등이 너무도 따뜻해서 좀 더 업혀 있고 싶다는 생각까지 들었으니 말이다. 이런 기분을 느꼈던 것이 외로워서일까, 아니면 그냥 단지 사람의 체온이 좋았던 것일까, 아니면……

나도 모르게 동이가 아들일지도 모른다고 생각했기 때문일까?

나도 나를 잘 모르겠다. 하지만 이것만큼은 안다. 왼손잡이는 유전될 수 있고 그 수가 적다는 것을.

좀 더 동이를 알고 싶어졌다. 그래서 동이와 함께 제천으로 가기로 결정하였다. 만약 동이가 내 아들이라면 성 서방네 처녀를 만날 수 있겠지. 만나면 뭐라고 해야 할까? 심장이 쿵쿵거린다. 그리고 슬며시 미소가 지어진다. 왠지는 모르겠지만 그냥 기분이 붕 떠오르는 느낌이다.

아아, 오늘은 달이 어지간히도 기울었다.

동이의 일기 (학생 글)

오늘 있었던 일은 정말 어이없고 황당했다. 날이 더워 마을 사람들이 장에 별로 나오지 않았다. 그래서 장사를 접고 충줏집으로 한잔하러 갔었다.

한참 마시고 있는데 허 생원이 들어오더니 뭐라고 했다. 계집질이 어쩌구 난질꾼이 저쩌구……. 그냥 안면 좀 있던 어르신이었는데 내가 그런 말까지 들어야 하는 건지. 그렇다고 어른 말을 자르지도 못하고, 그냥저냥 듣고 있었다. 남에 일에 걱정도 팔자시다. 그런데 난데없이 따귀를 맞았다. 그 순간 화가 버럭 나서 나도 모르게 자리에서 벌떡 일어는 났지만, 내가 내 나이보다 훨씬 많으신 어른께 뭐 어쩌겠는가. 그래서 그냥 아무 말 없이 가게를 나와 버렸다.

솔직히 아무 말 없이 나오긴 했지만 분했다. 허 생원한테 그렇게 욕 먹을 짓을 한 것도 아니었는데……, 생각할수록 억울했다. 그만 생각하려 해도 계속 얼얼한 뺨 때문에 잊히지가 않았다.

남이 보기에 내가 어린 나이에 계집질을 즐기고 있던 걸로 보였나? 난 그저 더워서 목 좀 축이고 기분이라도 좋아지려고 한 건데. 남에게 정말 그리 보였다면 날 꾸짖어 준 허 생원에게 감사할 따름이다. 하지만 사람들 앞에서 그렇게 욕하고 때린 건 좀 아닌 것 같다. 나중에 따로 차분하게 일러 주었어도 되었을 것을.

그래도 허 생원에게 따지지도 대들지도 않아서 다행인 것 같다. 그 때는 워낙 흥분해서 아무 생각도 안 들었지만, 다시 생각해 보니까 다른 생각도 들게 되었으니까 말이다.

어찌 되었든 오늘 있었던 일은 참 황당하면서 감사하고 또 억울하면서 이제 그러지 말아야겠다는 생각이 들게 해 준다. 참 묘한 하루였다.

참고 문헌

도서

김태수, 《꼿가치 피어 매혹케 하라》, 황소자리, 2005.
박남일, 《좋은 문장을 쓰기 위한 우리말 풀이사전》, 서해문집, 2004.
유종호 엮음, 《이효석》, 벽호, 1993.
이남호, 《교과서에 실린 문학작품을 어떻게 가르칠 것인가》, 현대문학, 2001.
이승훈 엮음, 《문학상징사전》, 고려원, 1995.
김봉군·이용남·한상무, 《한국현대작가론》, 민지사, 1984.
이효석, 《이효석 전집》, 창미사, 1990.
진채호, 〈'메밀꽃 필 무렵' 바로 읽기〉, 《메밀꽃 필 무렵 외》, 혜원출판사, 1997.
켄 애들러, 임재서 옮김, 《만물의 척도》, 사이언스북스, 2008.
한국역사연구회, 《우리는 지난 100년 동안 어떻게 살았을까 1, 2》, 역사비평사, 1998.

연구 논문

김우현, 〈이효석 소설의 문체 연구 : '메밀꽃 필 무렵'에 나타난 공간배경을 중심으로〉, 원광대, 1991.
남춘애, 〈해방 전 재중 유이민 소설에서 본 인신매매의 의미〉, 2009.
송현미, 〈이효석 소설의 특성 연구〉, 연세대, 2007.
안중환, 〈이효석 소설 연구 : 후기 단편소설의 특성을 중심으로〉, 단국대, 1991.
유숙란, 〈일제시대 농촌의 빈곤과 농촌 여성의 출가〉, 2004.
이송순, 〈1930년대 식민농정과 조선 농촌사회의 변화〉, 2005.
장지훈, 〈'메밀꽃 필 무렵'의 서정성 연구〉, 상지대, 2006.
정지영, 〈1920-1930년대 신여성과 '첩/제이부인 : 식민지 근대 자유연애 결혼의 결렬과 신여성의 행위성'〉, 2006.
주종연, 〈'메밀꽃 필 무렵' 분석〉, 1989.
홍재범, 〈이효석 소설 연구〉, 서울대, 1994.

선생님과 함께 읽는 메밀꽃 필 무렵

1판 1쇄 발행일 2012년 10월 22일
1판 10쇄 발행일 2025년 9월 15일

지은이 전국국어교사모임

발행인 김학원
발행처 (주)휴머니스트출판그룹
출판등록 제313-2007-000007호(2007년 1월 5일)
주소 (03991) 서울시 마포구 동교로23길 76(연남동)
전화 02-335-4422 **팩스** 02-334-3427
저자·독자 서비스 humanist@humanistbooks.com
홈페이지 www.humanistbooks.com
유튜브 youtube.com/user/humanistma
인스타그램 @humanist_insta

편집책임 문성환 **편집** 윤무재 **디자인** 김태형 유주현 반짝반짝 **일러스트** 이은희
용지 화인페이퍼 **인쇄** 청아디앤피 **제본** 민성사

ⓒ 전국국어교사모임, 2012

ISBN 978-89-5862-547-6 44810

- 이 책은 저작권법에 따라 보호받는 저작물이므로 무단 전재와 무단 복제를 금합니다.
- 이 책의 전부 또는 일부를 이용하려면 반드시 저자와 (주)휴머니스트출판그룹의 동의를 받아야 합니다.